한국현대문학전집

하늘과 바람과 별과 시(詩)

— 윤동주문학선집

한국현대문학전집

윤동주문학선집

하늘과 바람과 별과 시(詩)

초판 1쇄 2024년 11월 29일
지은이 윤동주
엮은이 박이도
펴낸이 윤진성
편집주간 김종성
편집장 이상기
펴낸곳 서연비람
등록 2016년 6월 29일 제2016-000147호
주소 서울시 강남구 남부순환로 2900, 201-2호
전자주소 birambooks@daum.net

ⓒ 박이도, 2024, Printed in Korea.

ISBN 979-11-89171-79-7 04810
값 15,000원

한국현대문학전집

윤동주문학선집

하늘과 바람과 별과 시(詩)

윤동주 지음

박이도 엮음

서연비람

머리말

　시인 윤동주의 시문학에 관련된 서적이 여러 출판사에서 다양한 모습으로 출간되고 있다. 무엇보다도 그의 시가 국민적 호응에 힘입은 바가 크기 때문일 것이다. 김소월에 이어 또 한 사람의 시인이 신화적인 시인으로 자리매김한 것이다.

　엮은이가 윤동주의 인간적 면모에 관심을 갖게 된 것은 우연한 계기에서 비롯되었다. 1970년대 중반 숭실고등학교로 직장을 옮겨갔는데 소년 윤동주와 만주(滿洲)의 간도 명동에서 청소년 시절을 함께 지냈던 김정우 선생을 만나면서부터였다. 김 선생에 따르면 윤동주는 간도 명동소학교를 졸업하고 주변의 중국인 학교 6학년에 편입해 함께 공부한 사실을 들을 수 있었기 때문이다. 김정우와 윤동주는 먼 인척이기도 했다. 윤동주의 동생인 윤일주 교수, 또 문익환 목사 등도 그 시절 항상 함께 뛰놀던 소꿉친구였다는 회고담을 들을 수 있었다.

　국문학계에서 윤동주를 평가할 때 그의 시작품보다 전기적(傳記的)인 활동이 전제된 민족시인, 혹은 일제 강점기의 저항시인 등으로 부르는 경우가 많았다. 일본 강점기의 시대 상황에 굴하지 않고 시로 대응했던 감성적인 시편들이 저항시, 민요조의 순수 서정시, 종교적 참회의 시(詩) 등으로 많은 호응을 받았다.

　윤동주가 기독교를 신앙하는 가정에서 태어났을 때, 그의 조국인 한국은 하나의 감옥과 같이 육신의 삶이나 정신의 문화 공간이 폐쇄된 실존적 여건이었다. 그는 기독교인의 죄인 의식, 즉 아담 이후 기독교의 윤리적 근간이 되는 노동 의식, 속죄 사상 내지 구원에 이르기까지 감당해야 하는 형벌(刑罰)에 대한 죄의식을 정신적으로 감수했다. 예수 그리스도에 의해 죄를 사함받고 영생(永生)에 이를 수 있다는 일차적인 신앙의 조건에서 현세적인 공동체 의식으로 민족 수난의 역사적 현실까지 감수하고 극복해야 하는 이중의 시련이 문학적 세계로 구체화되었던 것이다.

윤동주 시의 구문에 쓰인 서술법은 존칭 화법을 쓰고 있다. 그는 '……있습니다.', '……듯합니다, '……까닭입니다.', '불러 봅니다.' 등의 존칭 서술어를 쓰고 있는데 이것은 피폐된 자의식의 표상에서 경건·엄숙의 미의식을 염두에 둔 것이며, 나아가서 기도의 형식을 빌어 보다 친밀한 호소력을 유발케 함에 있다.

윤동주는 개신교 신앙을 가졌던 가정에서 성장했다. 그의 시에는 기독교 신앙이 기저에 깔려 있다. 『하늘과 바람과 별과 시(詩)—윤동주문학선집』의 해설은 이 점에 주안점을 두고 쓴 것이다.

2022년 4월 15일
편자 박이도 씀

일러두기

1. '제1부 하늘과 바람과 별과 시(詩)'에는 1939년부터 1941년 사이에 씌어진 작품들이 수록되어 있는 윤동주의 육필 자선시집인 『하늘과 바람과 별과 시(詩)』에 실려 있는 작품들을 실었다.

2. '제2부 이적(異蹟)'에는 1934년 12월부터 1937년 3월까지의 작품들을 실은 시고집으로 윤동주의 첫 번째 원고 노트인 『나의 습작기(習作期)의 시(詩) 아닌 시(詩)』에 실려 있는 작품들과 1936년부터 1939년 9월까지의 작품들을 실은 시고집으로 윤동주의 두 번째 원고 노트인 『창(窓)』에 실려 있는 작품들을 재편집해 실었다.

3. '제3부 쉽게 씌어진 시(詩)'는 유학 이전 습유작품 10편과 유학 시절 습유작품 5편 가운데 중복 작품은 빼고 재편집해 실었다.

4. '제4부 산문'에는 4편의 산문을 실었다.

5. '제5부 해설 및 윤동주 연보'에는 엮은이 박이도 교수의 해설 「윤동주의 원죄 의식과 부활 사상」과 윤동주 연보를 실었다.

6. 정지용 서문은 1948년 윤동주의 유고 31편을 모아 정지용의 서문을 붙여 유고시집 『하늘과 바람과 별과 시(詩)』를 정음사에서 간행했을 때 실은 원고를 주석을 달아 실었다.

7. 독자들이 이해하기 어려운 어휘나 인명 등은 주석을 달았다.

8. 시, 논문, 신문은 「　」를 사용해 구분했고, 단행본은 『　』를 붙여 구분했다.

9. 원문의 한자는 (　　) 속에 넣고, 독음을 달았다.

10. 시인이자 국문학자인 박이도 교수가 쓴 해설 「윤동주의 원죄 의식과 부활 사상」에 각주를 붙이고, 독자들이 이해하기 어려운 어휘나 인명 등은 주석을 달았다.

11. 원문은 현대어 표기법에 따라 수정했고, 띄어쓰기도 한글맞춤법에 따라 수정했다. 그러나 원작자가 표현하고자 하는 뉘앙스(nuance)를 살리고자 최대한 원래 내용대로 실었다.

12. 방언, 고어(古語) 등은 원래대로 싣고, 주석을 달았다.

13. 작품 끝머리에 ‘창작 연도’가 적혀 있는 것은 윤동주가 작품 끝머리에 적어 놓은 것이고, ‘작품 창작 연대 없음’은 윤동주가 작품 끝머리에 창작 연도를 적어 놓지 않은 것이다.

14. 윤동주의 작품은 『하늘과 바람과 별과 시(詩)』-19편, 『나의 습작기(習作期)의 시(詩) 아닌 시(詩)』-58편, 『창(窓)』-53편, 습유작품—15편, 산문 4편 등 총 149편 가운데 중복되는 작품 등을 제외하고 총 121편을 주석을 붙여 실었다.

15. 윤동주 연보는 시중에 나와 있는 윤동주 전집, 윤동주 시집, 윤동주 평전, 윤동주 논문을 참고하여 정리했다.

정지용 서문

서(序)—랄 것이 아니라,

내가 무엇이고 정성껏 몇 마디 써야만 할 의무를 가졌건만 붓을 잡기가 죽기보담 싫은 날, 나는 천의를 뒤집어쓰고 차라리 병(病) 아닌 신음을 하고 있다.

무엇이라고 써야 하나?

재조(才操)1)도 탕진하고 용기도 상실하고 8·15 이후에 나는 부당하게도 늙어간다.

누가 있어서 "너는 일편(一片)의 정성까지도 잃었느냐?" 질타한다면 소허(少許)2) 항론(抗論)3)이 없이 앉음을 고쳐 무릎을 꿇으리라.

아직 무릎을 꿇을 만한 기력이 남았기에 나는 이 붓을 들어 시인 윤동주의 유고(遺稿)에 분향(焚香)4)하노라.

겨우 30여 편 되는 유시(遺詩) 이외에 윤동주의 그의 시인됨에 관한 목증(目證)5)한 바 재료를 나는 갖지 않았다.

....

1) 재조(才操): '재주'의 원래 말.
2) 소허(少許): 얼마 안 되는 분량.
3) 항론(抗論): 어떤 주장이나 이론에 대항하여 논함.
4) 분향(焚香): 제사나 예불 의식에서, 향을 피움. 소향(燒香).
5) 목증(目證): 눈 증거. 눈으로 믿음을 준다는 뜻인 듯하다.

"호사유피(虎死留皮)⁶⁾"라는 말이 있겠다. 범이 죽어 가죽이 남았다면 그의 호피(虎皮)를 감정하여 '수남(壽男)'이라고 하랴? '복동(福童)'이라고 하랴? 범이란 범이 모조리 이름이 없었던 것이다.

내가 시인 윤동주를 몰랐기로소니 윤동주의 시가 바로 '시'고 보면 그만 아니냐?

호피는 마침내 호피에 지나지 못하고 말 것이나, 그의 '시'로써 그의 '시인'됨을 알기는 어렵지 않은 일이다.

....

나도 모를 아픔을 오래 참다 처음으로 이곳에 찾아왔다. 그러나 나의 늙은 의사는 젊은이의 병(病)을 모른다. 나한테는 병(病)이 없다고 한다. 이 지나친 시련, 이 지나친 피로, 나는 성내서는 안 된다.
　　　　　　　　　　　— 그의 유시(遺詩) 「병원(病院)」의 일절(一節)

그의 다음 동생 일주⁷⁾군(一柱君)과 나의 문답(問答)—

---

6) 호사유피(虎死留皮): "호랑이는 죽으면 가죽을 남긴다."는 뜻으로, '사람은 죽어서 명예로운 이름을 남긴다.'는 뜻으로도 쓰인다. 출전은 『오대사(五代史)』의 「왕언장전(王彦章傳)」이다.
7) 일주(一柱): 윤동주의 동생 윤일주(尹一柱, 1927년~1985년)를 가리킨다. 윤일주는 『한국양식건축 80년사』를 저술한 학자. 건축사가, 시인이다.

"형님이 살았으면 몇 살인고?"

"설흔한 살입니다."

"죽기는 스물아홉에요—"

"간도(間島)에는 언제 가셨던고?"

"할아버지 때요."

"지나 시기는 어떠했던고?"

"할아버지가 개척(開拓)하여 소지주(小地主) 정도(程度)였습니다."

"아버지는 무얼 하시노?"

"장사도 하시고 회사(會社)에도 다니시고 했지요."

"아아, 간도에 시(詩)와 애수(哀愁)와 같은 것이 발효(醱酵)하기 비롯한다
면 윤동주(尹東柱)와 같은 세대(世代)에서부텀이었고나!" 나는 감상(感傷)하
였다.

....

봄이 오면

죄(罪)를 짓고

눈이

밝어

이브가 해산(解産)하는 수고를 다하면

무화과(無花果) 잎사귀로 부끄런 데를 가리고

나는 이마에 땀을 흘려야겠다.

—「또 태초(太初)의 아침」의 일절(一節)

다시 일주군(一柱君)과 나와의 문답(問答)—

"연전(延專)8)을 마치고 동지사(同志社)9)에 가기는 몇 살이었던고?"

"스물여섯 적입니다."

"무슨 연애(戀愛) 같은 것이나 있었나?"

"하도 말이 없어서 모릅니다."

"술은?"

"먹는 것 못 보았습니다."

"담배는?"

"집에 와서는 어른들 때문에 피우는 것 못 보았습니다."

"인색(吝嗇)하진 않았나?"

"누가 달라면 책(冊)이나 샤쓰나 거져 줍데다."

"공부는?"

"책(冊)을 보다가도 집에서나 남이 원(願)하면 시간(時間)까지도 아끼지

---

8) 연전(延專): 연세대학교의 전신인 연희전문학교의 줄임말이다.
9) 동지사(同志社): 일본 도시샤대학교(同志社大學校)를 말한다.

않읍데다."

"심술(心術)은?"

"순(順)하디 순(順)하였습니다."

"몸은?"

"중학 때 축구선수였습니다."

"주책(主策)은?"

"남이 하자는 대로 하다가도 함부로 속을 주지는 않읍데다."

....

코카사스 산중(山中)에서 도망해 온 토끼처럼

둘러리를 빙빙 돌며 간(肝)을 지키자.

내가 오래 기르던 여윈 독수리야!

와서 뜯어 먹어라, 시름없이

너는 살지고

나는 여위어야지, 그러나,

— 「간(肝)」의 일절(一節)

노자(老子)¹⁰⁾ 오천언(五千言)에,

'허기심(虛基心) 실기복(實基腹) 약기지(弱其志) 강기골(强其骨)'¹¹⁾이라는 구(句)가 있다. 청년(靑年) 윤동주(尹東柱)는 의지(意志)가 약하였을 것이다. 그렇기에 서정시(抒情詩)에 우수(優秀)한 것이겠고, 그러나 뼈가 강(强)하였던 것이리라. 그렇기에 일적(日賊)¹²⁾에게 살을 내던지고 뼈를 차지한 것이 아니었던가?

무시무시한 고독(孤獨)에서 죽었구나! 29세(歲)가 되도록 시(詩)도 발표(發表)하여 본 적도 없이!

일제 시대(日帝時代)에 날뛰던 부일문사(附日文士)¹³⁾ 놈들의 글이 다시 보아 침을 배알을 것뿐이나, 무명(無名) 윤동주(尹東柱)가 부끄럽지 않고 슬프고 아름답기 한(限)이 없는 시를 남기지 않았나?

시(詩)와 시인(詩人)은 원래 이러한 것이다.

....

---

10) 노자(老子): BC 6세기경 중국 춘추시대의 사상가. 중국 제자백가 가운데 하나인 도가(道家)의 창시자로 도교의 시조로 알려져 있다. 도교 경전인 『도덕경(道德經)』의 저자로 알려져 있다.

11) '허기심(虛基心) 실기복(實基腹) 약기지(弱其志) 강기골(强其骨)': 마음을 비우고 배를 가득 채우며 뜻을 약하게 하고 뼈를 강하게 하라. 출전은 『노자도덕경』 제3장이다.

12) 일적(日賊): 일제 강점기, 한국을 식민지로 삼고 조선총독부를 두어 한국을 통치한 일본을 적이라고 표현한 말이다.

13) 부일문사(附日文士): 일제 강점기, 일제와 야합하여 그들의 침략과 약탈 정책을 지지하거나 옹호하여 추종한 문인. 친일문인(親日文人).

행복한 예수 그리스도에게

처럼

십자가(十字架)가 허락(許諾)된다면

목아지14)를 드리우고,

꽃처럼 피어나는 피를

어두워가는 하늘 밑에

조용히 흘리겠습니다.

— 「십자가(十字架)」의 일절(一節)

일제(日帝)15) 헌병(憲兵)은 동(冬)섣달에도 꽃과 같은, 얼음 아래 다시 한 마리 잉어(鯉漁)와 같은 조선(朝鮮) 청년시인(青年詩人)을 죽이고 제 나라를 망(亡)치었다.

뼈가 강(强)한 죄로 죽은 윤동주(尹東柱)의 백골(白骨)은 이제 고토(故土)16) 간도(間島)에 누워 있다.

---

14) 모가지: '모가지'의 전라남도 방언.

15) 일제(日帝): '일본 제국' 또는 '일본 제국주의'를 줄여 이르는 말.

16) 고토(故土): 고향의 땅. 고향.

고향(故鄕)에 돌아온 날 밤에
내 백골(白骨)이 따라와 한방에 누웠다.

어둔 방(房)은 우주(宇宙)로 통(通)하고
하늘에선가 소리처럼 바람이 불어온다.

어둠 속에 곱게 풍화작용(風化作用)하는
백골(白骨)을 들여다보며
눈물짓는 것이 내가 우는 것이냐
백골(白骨)이 우는 것이냐
아름다운 혼(魂)이 우는 것이냐

지조(志操) 높은 개는
밤을 새워 어둠을 짖는다.

어둠을 짖는 개는
나를 쫓는 것일게다.

가자 가자
쫓기우는 사람처럼 가자
백골(白骨) 몰래

아름다운 또 다른 고향에 가자.

— 「또 다른 고향(故鄕)」

만일 윤동주(尹東柱)가 이제 살아 있다고 하면 그의 시(詩)가 어떻게 진전(進展)하겠느냐는 문제(問題)—

그의 친우(親友) 김삼불17)씨(金三不氏)의 추도사(追悼辭)와 같이 틀림없이, 아무렴! 또다시 다른 길로 분연(奮然)18) 매진(邁進)19)할 것이다.

1947년(年) 12월 28일(日)

지 용

17) 김삼불(金三不, 1920년~?): 경상북도 경산시에서 출생하여 연희전문학교를 졸업하고, 서울대학교에 편입학하여 수학했다. 경성제국대학본『해동가요』를 교주(校註)했다. 해방공간 한국고전문학 분야의 판소리, 판소리계 소설에 대한 성과를 점검할 때마다 언급되는 국문학자로 6.25전쟁 중 월북하여 김일성 종합대학교 교수를 역임했다. 저서에 『국문학참고도감』, 『송강가사연구』 등이 있다.

18) 분연(奮然): 떨쳐 일어서는 기운이 세찬 모양.

19) 매진(邁進): 어떤 일을 전심전력을 다하여 해 나감.

차례

제1부 하늘과 바람과 별과 시(詩)

서시(序詩)[1]

죽는 날까지 하늘을 우러러

한 점 부끄럼이 없기를,

잎새[2]에 이는 바람에도

나는 괴로워했다.

별을 노래하는 마음으로

모든 죽어가는 것을 사랑해야지

그리고 나한테 주어진 길을

걸어가야겠다.

오늘 밤에도 별이 바람에 스치운다.

(1941년 11월 20일)

---

1) 서시(序詩): ① 책의 첫머리에 서문 대신 쓴 시. ② 긴 시에서 머리말 구실을 하는 부분.
2) 잎새: 나무의 잎사귀.

자화상(自畫像)3)

산모퉁이4)를 돌아 논가 외딴 우물을 홀로 찾아가선 가만히 들여다봅니다.

우물 속에는 달이 밝고 구름이 흐르고 하늘이 펼치고 파아란 바람이 불고 가을이 있습니다.

그리고 한 사나이가 있습니다.
어쩐지 그 사나이가 미워져 돌아갑니다.

돌아가다 생각하니 그 사나이가 가엾어집니다. 도로 가 들여다보니 사나이는 그대로 있습니다.

다시 그 사나이가 미워져 돌아갑니다. 돌아가다 생각하니 그 사나이가 그리워집니다.

우물 속에는 달이 밝고 구름이 흐르고 하늘이 펼치고 파아란 바람이 불고 가을이 있고 추억(追憶)처럼 사나이가 있습니다.   (1939년 9월)

---

3) 자화상(自畫像): 자기가 그린 자신의 초상화.
4) 산모퉁이(山—): 산기슭의 쑥 내민 귀퉁이. 산갑(山岬).

소년(少年)

여기저기서 단풍잎 같은 슬픈 가을이 뚝뚝 떨어진다. 단풍잎 떨어져 나온 자리마다 봄을 마련해 놓고 나뭇가지 위에 하늘이 펼쳐 있다. 가만히 하늘을 들여다보려면 눈썹에 파란 물감이 든다. 두 손으로 따뜻한 볼을 쓰서보면5) 손바닥에도 파란 물감이 묻어난다. 다시 손바닥을 들여다본다. 손금에는 맑은 강물이 흐르고, 맑은 강물이 흐르고, 강물 속에는 사랑처럼 슬픈 얼굴―아름다운 순이(順伊)의 얼굴이 어린다. 소년(少年)은 황홀히 눈을 감아본다. 그래도 맑은 강물은 흘러 사랑처럼 슬픈 얼굴―아름다운 순이(順伊)의 얼굴은 어린다.

(1939년)

---

5) 쓰서보면: '쏫다'는 '훔치다. 닦다'의 옛말. '쓰다듬다'의 뜻으로 쓰인 것으로 보인다.

눈 오는 지도(地圖)

순이(順伊)가 떠난다는 아침에 말 못할 마음으로 함박눈이 내려, 슬픈 것처럼 창(窓) 밖에 아득히 깔린 지도(地圖) 위에 덮인다.

방(房)안을 돌아다보아야 아무도 없다. 벽(壁)과 천정(天井)이 하얗다. 방(房)안에까지 눈이 내리는 것일까. 정말 너는 잃어버린 역사(歷史)처럼 홀홀이 가는 것이냐. 떠나기 전(前)에 일러둘 말이 있던 것을 편지를 써서도 네가 가는 곳을 몰라 어느 거리, 어느 마을, 어느 지붕 밑, 너는 내 마음 속에 만 남아 있는 것이냐. 네 쪼고만 발자국을 눈이 자꾸 내려 덮어 따라갈 수도 없다. 눈이 녹으면 남은 발자국 자리마다 꽃이 피리니 꽃 사이로 발자국을 찾아 나서면 일 년(一年) 열두 달 하냥6) 내 마음에는 눈이 내리리라.

(1941년 3월 12일)

----

6) 하냥: 늘, 계속하여, 줄곧.

돌아와 보는 밤

　세상으로부터 돌아오듯이 이제 내 좁은 방에 돌아와 불을 끄옵니다. 불을 켜두는 것은 너무나 피로롭은 일이옵니다. 그것은 낮의 연장(延長)이옵기에—

　이제 창(窓)을 열어 공기(空氣)를 바꾸어 들여야 할 텐데 밖을 가만히 내다보아야 방(房)안과 같이 어두워 꼭 세상 같은데 비를 맞고 오던 길이 그대로 비속에 젖어 있사옵니다.

　하루의 울분을 씻을 바 없어 가만히 눈을 감으면 마음속으로 흐르는 소리, 이제 사상(思想)이 능금처럼 저절로 익어가옵니다.

(1941년 6월)

병원(病院)

    살구나무 그늘로 얼굴을 가리고, 병원(病院) 뒤뜰에 누워, 젊은 여자(女子)가 흰 옷 아래로 하얀 다리를 드러내 놓고 일광욕(日光浴)을 한다. 한나절이 기울도록 가슴을 앓는다는 이 여자(女子)를 찾아오는 이, 나비 한 마리도 없다. 슬프지도 않은 살구나무 가지에는 바람조차 없다.

    나도 모를 아픔을 오래 참다 처음으로 이곳에 찾아왔다. 그러나 나의 늙은 의사는 젊은이의 병(病)을 모른다. 나한테는 병(病)이 없다고 한다. 이 지나친 시련(試鍊), 이 지나친 피로(疲勞), 나는 성내서는 안 된다.

    여자(女子)는 자리에서 일어나 옷깃을 여미고 화단(花壇)에서 금잔화(金盞花)7) 한 포기를 따 가슴에 꽂고 병실(病室) 안으로 사라진다. 나는 그 여자(女子)의 건강(健康)이— 아니 내 건강(健康)도 속(速)히 회복(回復)되기를 바라며 그가 누웠던 자리에 누워 본다.

(1940년 12월)

---

7) 금잔화(金盞花): 국화과의 한해살이풀. 유럽 원산으로 정원에 심는데, 높이 30cm가량이고, 잎은 길둥근 피침형임. 여름에 황적색의 두상화가 줄기 끝에 핌. 금송화(金松花).

새로운 길

내를 건너서 숲으로
고개를 넘어서 마을로

어제도 가고 오늘도 갈
나의 길 새로운 길

문들레8)가 피고 까치가 날고
아가씨가 지나고 바람이 일고

나의 길은 언제나 새로운 길
오늘도…… 내일도……

내를 건너서 숲으로
고개를 넘어서 마을로

(1938년 5월 10일)

---

8) 문들레: '민들레'의 평안북도, 함경남도 방언.

간판(看板) 없는 거리

정거장(停車場) 플랫폼에
내렸을 때 아무도 없어,

다들 손님들뿐
손님 같은 사람들뿐,

집집마다 간판(看板)이 없어
집 찾을 근심이 없어

빨갛게
파랗게
불붙는 문자(文字)도 없이

모퉁이마다
자애(慈愛)로운 헌 와사등(瓦斯登)9)에
불을 혀10) 놓고,

---

9) 와사등(瓦斯登): 가스등.
10) 혀다: '켜다'의 평안북도 방언.

손목을 잡으면
다들, 어진 사람들
다들, 어진 사람들

봄, 여름, 가을, 겨울,
순서로 돌아들고.

(1941년)

태초(太初)¹¹⁾의 아츰¹²⁾

봄날 아츰도 아니고
여름, 가을, 겨울,
그런 날 아침도 아닌 아츰에

빨—간 꽃이 피어났네,
햇빛이 푸른데,

그 전(前)날 밤에
그 전(前)날 밤에
모든 것이 마련되었네,

사랑은 뱀과 함께
독(毒)은 어린 꽃과 함께.

(1941년)

---

11) 태초(太初): 천지가 처음 시작된 때.
12) 아츰: '아침'의 경기도 · 경상도 · 전라도 · 평안도 · 함경도 방언.

또 태초(太初)의 아츰

하얗게 눈이 덮이었고
전신주(電信柱)가 잉잉 울어
하나님 말씀이 들려온다.

무슨 계시(啟示)13)일까.

빨리
봄이 오면
죄(罪)를 짓고
눈이
밝아

이브가 해산(解産)14)하는 수고를 다하면

무화과(無花果)15) 잎사귀로 부끄런 데를 가리고

---

13) 계시(啟示): ① 깨우쳐 보여 줌. ② 사람의 지혜로 알 수 없는 진리를 신이 가르쳐 알게 함. 묵시
(默示).
14) 해산(解産): 아이를 낳음.
15) 무화과(無花果): ① 무화과나무의 열매. ② '무화과나무'의 준말.

나는 이마에 땀을 흘려야겠다.

(1941년 5월 31일)

새벽이 올 때까지

다들 죽어가는 사람들에게
검은 옷을 입히시오.

다들 살아가는 사람들에게
흰 옷을 입히시오.

그리고 한 침대(寢臺)에
가즈런히 잠을 재우시오.

다들 울거들랑
젖을 먹이시오.

이제 새벽이 오면
나팔 소리 들려올 게외다.

(1941년 5월)

무서운 시간(時間)

거 나를 부르는 것이 누구요,

가랑잎 이파리16) 푸르러 나오는 그늘인데,
나 아직 여기 호흡(呼吸)이 남아 있소.

한 번도 손들어 보지 못한 나를
손들어 표할 하늘도 없는 나를

어디에 내 한몸 둘 하늘이 있어
나를 부르는 것이오.

일을 마치고 내 죽는 날 아츰에는
서럽지도 않은 가랑잎이 떨어질 텐데……

나를 부르지 마오.

(1941년 2월 7일)

---

16) 이파리: 살아 있는 나무나 풀에 달린 하나하나의 잎. 유의어는 잎사귀.

십자가(十字架)

쫓아오던 햇빛인데
지금 교회당(敎會堂) 꼭대기
십자가(十字架)에 걸리었습니다.

첨탑(尖塔)17)이 저렇게도 높은데
어떻게 올라갈 수 있을까요.

종(鐘)소리도 들려오지 않는데
휘파람이나 불며 서성거리다가,

괴로웠던 사나이,
행복(幸福)한 예수 그리스도에게
처럼
십자가(十字架)가 허락(許諾)된다면

모가지18)를 드리우고

---

17) 첨탑(尖塔): 지붕 꼭대기가 뾰족한 탑. 뾰족탑.
18) 모가지: 속어. ① 목. ② 해고나 면직(免職).

꽃처럼 피어나는 피를

어두워가는 하늘 밑에

조용히 흘리겠습니다.

(1941년 5월 31일)

바람이 불어

바람이 어디로부터 불어와
어디로 불려가는 것일까,

바람이 부는데
내 괴로움에는 이유(理由)가 없다.

내 괴로움에는 이유(理由)가 없을까,

단 한 여자(女子)를 사랑한 일도 없다.
시대(時代)를 슬퍼한 일도 없다.

바람이 자꾸 부는데
내 발이 반석19) 우20)에 섰다.

강물이 자꾸 흐르는데
내 발이 언덕 우에 섰다.   (1941년 6월 2일)

---

19) 반석(盤石·磐石): ① 넓고 펀펀하게 된 큰 돌. ② 아주 안전하고 견고함.
20) 우: '위'의 고어(古語).

슬픈 족속(族屬)[21]

흰 수건이 검은 머리를 두르고

흰 고무신이 거친 발에 걸리우다.

흰 저고리 치마가 슬픈 몸집을 가리고

흰 띠가 가는 허리를 질끈 동이다.

(1938년 9월)

---

21) 족속(族屬): ① 같은 문중의 겨레붙이. 족당(族黨). ② 같은 패거리에 속하는 사람들을 낮잡아 일컫는 말.

눈감고 간다

태양(太陽)을 사모하는 아이들아
별을 사랑하는 아이들아

밤이 어두웠는데
눈감고 가거라.

가진 바 씨앗을
뿌리면서 가거라.

발부리22)에 돌이 채이거든
감았던 눈을 와짝23) 떠라.

(1941년 5월 31일)

22) 발부리: 발끝의 뾰족한 부분.
23) 와짝: 한꺼번에 나아가거나 또는 갑자기 늘거나 주는 모양.

또 다른 고향(故鄕)

고향(故鄕)에 돌아온 날 밤에
내 백골(白骨)24)이 따라와 한 방에 누웠다.

어둔 방(房)은 우주(宇宙)로 통(通)하고
하늘에선가 소리처럼 바람이 불어온다.

어둠 속에서 곱게 풍화작용(風化作用)25)하는
백골(白骨)을 들여다보며
눈물짓는 것이 내가 우는 것이냐
백골(白骨)이 우는 것이냐
아름다운 혼(魂)26)이 우는 것이냐

지조(志操) 높은 개는
밤을 새워 어둠을 짖는다.

----

24) 백골(白骨): ① 송장의 살이 썩고 남은 뼈. ② 옻칠을 하지 않은 목기·목물(木物) 따위.
25) 풍화작용(風化作用): 지표의 암석이 공기·물 등의 작용으로 차차 부서져 흙으로 변하는 과정. 또
   는 그러한 작용. 풍화(風化).
26) 혼(魂): 넋. 얼. 정신. 영혼.

어둠을 짖는 개는

나를 쫓는 것일 게다.

가자 가자

쫓기우는 사람처럼 가자

백골(白骨) 몰래

아름다운 또 다른 고향(故鄕)에 가자.

(1941년 9월)

길

잃어버렸습니다.
무얼 어디다 잃었는지 몰라
두 손이 주머니를 더듬어
길에 나아갑니다.

돌과 돌과 돌이 끝없이 연달아
길은 돌담을 끼고 갑니다.

담은 쇠문을 굳게 닫아
길 우에 긴 그림자를 드리우고

길은 아츰에서 저녁으로
저녁에서 아츰으로 통했습니다.

돌담을 더듬어 눈물짓다
쳐다보면 하늘은 부끄럽게 푸릅니다.

풀 한 포기 없는 이 길을 걷는 것은
담 저쪽에 내가 남아 있는 까닭이고,

내가 사는 것은, 다만,

잃은 것을 찾는 까닭입니다.

(1941년 9월 31일)

별 헤는 밤

계절(季節)이 지나가는 하늘에는

가을로 가득 차 있습니다.

나는 아무 걱정도 없이

가을 속의 별들을 다 헤일 듯합니다.

가슴 속에 하나 둘 새겨지는 별을

이제 다 못 헤는 것은

쉬이 아츰이 오는 까닭이오,

내일(來日) 밤이 남은 까닭이오,

아직 나의 청춘(靑春)이 다하지 않은 까닭입니다.

별 하나에 추억(追憶)과

별 하나에 사랑과

별 하나에 쓸쓸함과

별 하나에 동경(憧憬)과

별 하나에 시(詩)와

별 하나에 어머니, 어머니,

어머님, 나는 별 하나에 아름다운 말 한마디씩 불러봅니다. 소학교(小學校)27) 때 책상(冊床)을 같이 했던 아이들의 이름과, 패(佩), 경(鏡), 옥(玉) 이런 이국(異國)28) 소녀(少女)들의 이름과, 벌써 애기 어머니 된 계집애들의 이름과, 가난한 이웃 사람들의 이름과, 비둘기, 강아지, 토끼, 노새, 노루, 「프랑시스 잠29)」, 「라이너 마리아 릴케30)」 이런 시인(詩人)의 이름을 불러봅니다.

이네들은 너무나 멀리 있습니다.
별이 아슬히 멀 듯이,

어머님,
그리고 당신은 멀리 북간도(北間島)31)에 계십니다.

나는 무엇인지 그리워
이 많은 별빛이 나린 언덕 우에
내 이름자를 써 보고,

<hr>

27) 소학교(小學校): '초등학교'를 예전에 일컫던 말.
28) 이국(異國): 인정·풍속 따위가 전혀 다른 남의 나라. 외국. 타국.
29) 프랑시스 잠(Francis Jammes, 1868년~1938년): 프랑스의 시인.
30) 라이너 마리아 릴케(René Karl Wilhelm Johann Josef Maria Rilke, 1875년~1926년): 오스트리아의 시인이자 소설가이다.
31) 북간도(北間島): 간도 지방의 동부로 두만강과 마주한 지역.

흙으로 덮어 버리었습니다.

따는32) 밤을 새워 우는 벌레는
부끄러운 이름을 슬퍼하는 까닭입니다.

그러나 겨울이 지나고 나의 별에도 봄이 오면
무덤 우에 파란 잔디가 피어나듯이
내 이름자 묻힌 언덕 우에도
자랑처럼 풀이 무성할 게외다.

(1941년 11월 5일)

---

32) 따는: '딴은'의 잘못. 사실인즉. 그리고 보니.

제2부 이적(異蹟)

초 한 대

초 한 대—
내 방에 품긴1) 향내를 맡는다.

광명(光明)의 제단(祭壇)2)이 무너지기 전
나는 깨끗한 제물(祭物)3)을 보았다.

염소의 갈비뼈 같은 그의 몸,
그의 생명(生命)인 심지(心志)4)까지
백옥(白玉) 같은 눈물과 피를 흘려 불살라버린다.

그리고도 책상머리에 아롱거리며
선녀처럼 촛불은 춤을 춘다.

매를 본 꿩이 도망하듯이
암흑(暗黑)이 창구멍으로 도망한
나의 방에 풍긴

---

1) 품기다: '풍기다'의 고어(古語).
2) 제단(祭壇): ① 제사(祭祀)를 지내는 단. ② 미사를 드리는 단.
3) 제물(祭物): ① 제사에 쓰는 음식. 제수(祭需). ② '희생물'의 비유.
4) 심지(心志): 마음과 뜻. 마음에 품은 의지.

제물(祭物)의 위대(偉大)한 향(香)내를 맛보노라.

(1934년 12월 24일)

내일은 없다 ― 어린 마음이 물은

내일 내일 하기에
물었더니
밤을 자고 동틀 때
내일이라고

새날을 찾은 나는
잠을 자고 돌보니
그때는 내일이 아니라
오늘이더라

무리여! 내일은 없나니

(1934년 12월 24일)

가로수(街路樹)

가로수(街路樹), 단촐한 그늘 밑에

구두술5) 같은 혓바닥으로

무심(無心)히 구두술을 핥는 시름.

때는 오정(午正). 싸이렌,

어데로 갈것이냐?

ㅁ시6) 그늘은 맴돌고

따라 사나이도 맴돌고.

(1938년 6월 1일)

---

5) 구두술: '구두주걱'의 북한말.

6) ㅁ시: ㅁ는 판독이 불가능한 부분.

삶과 죽음

삶은 오늘도 죽음의 서곡(序曲)[7]을 노래하였다.

이 노래가 언제나 끝나랴

세상 사람은―

뼈를 녹여내는 듯한 삶의 노래에

춤을 춘다

사람들은 해가 넘어가기 전(前)

이 노래 끝의 공포(恐怖)를

생각할 사이가 없었다.

하늘 복판에 알새기듯이[8]

이 노래를 부른 자가 누구뇨

그리고 소낙비 그친 뒤같이도

이 노래를 그친 자가 누구뇨

----

7) 서곡(序曲): 어떤 일의 시작.
8) 알새기듯이: '아로새기다'의 준말. 마음속에 분명히 기억해 두다.

죽고 뼈만 남은

죽음의 승리자(勝利者) 위인(偉人)들 !

(1934년 12월 24일)

창공(蒼空)9)

그 여름날

열정(熱情)의 포플라는

오려는 창공(蒼空)의 푸른 젖가슴을

어루만지려

팔을 펼쳐 흔들거렸다.

끓는 태양 그늘 좁다란 지점(地點)에서

천막(天幕) 같은 하늘 밑에서

떠들던 소나기

그리고 번개를,

춤추던 구름을 이끌고

남방(南方)으로 도망하고,

높다랗게 창공(蒼空)은 한 폭으로

가지 위에 퍼지고

둥근 달과 기러기를 불러왔다.

푸르른 어린 마음이 이상(理想)에 타고

그의 동경(憧憬)의 날 가을에

---

9) 창공(蒼空): 제목 윗부분에 '미정고(未定稿)'라 되어 있음.

조락(凋落)10)의 눈물을 비웃다.

(창작 연도 표시 없음)

---

10) 조락(凋落): ① 나뭇잎이 시들어 떨어짐. ② 차차 쇠하여 보잘것없이 됨. 조령(凋零).

조개껍질[11)

—바닷물 소리 듣고 싶어

아롱아롱 조개 껍데기
울 언니 바닷가에서
주워 온 조개 껍데기

여긴여긴 북쪽 나라요
조개는 귀여운 선물
장난감 조개 껍데기

데굴데굴 굴리며 놀다
짝 잃은 조개 껍데기
한 짝을 그리워하네

아롱아롱 조개 껍데기
나처럼 그리워하네
물 소리 바닷물 소리

(1935년 12월)

---

11) 조개껍질: 제목 윗부분에 '동요(童謠)'라고 되어 있음.

창구멍

바람 부는 새벽에 장터 가시는
우리 아빠 뒷자취 보고 싶어서
춤12)을 발려 뚫어논 작은 창구멍
아롱아롱 아침해 비치웁니다

눈 나리는 저녁에 나무 팔러 간
우리 아빠 오시나 기다리다가
혀끝으로 뚫어 논 작은 창구멍
살랑살랑 찬바람 날아듭니다.

(창작 연도 표시 없음)

---

12) 춤: '침'의 경상도 · 함경도 방언.

참새13)

가을 지난 마당을
　백로지14)인 양
참새들이
　글씨 공부하지요.

짹, 짹,
　입으론
　　　부르면서
두 발로는
　글씨 공부하지요.

하루종일
　글씨 공부하여도
짹자 한 자
　　밖에 더 못 쓰는걸.

(1936년 12월)

---

13) 참새: 제목 아랫부분에 '미정(未定)'이라 써놓았음.
14) 백로지(白露紙): 품질이 낮은 서양식 종이의 하나. 표면이 조금 거칠며 신문 용지 따위로 쓴다.

고향집15)
—만주16)에서 부른

헌 짚신짝 끄을고
   나 여기 왜 왔노
두만강을 건너서
   쓸쓸한 이 땅에

남쪽 하늘 저 밑에
   따뜻한 내 고향
내 어머니 계신 곳
   그리운 고향집

(1986년 1월 6일)

---

15) 고향집: 제목 윗부분에 '동시(童詩)'라고 되어 있음.
16) 만주(滿洲): 중화인민공화국의 둥베이(東北) 지방의 통칭.

남(南)쪽 하늘

제비는 두 나래를 가지었다.
시산한17) 가을날

어머니의 젖가슴을
그리는 서리 내리는 저녁

어린 영(靈)18)은 쪽나래19)의 향수(鄕愁)를 타고
남(南)쪽 하늘에 떠돌 뿐―

(1935년 10월)

---

17) 시산한: '스산하다'의 방언.
18) 영(靈): ① '신령'의 준말. ② '영혼'의 준말.
19) 쪽나래: 작은 날개.

비둘기

안아보고 싶게 귀여운

산비둘기 일곱 마리

하늘 끝까지 보일 듯이 맑은 공일날 아침에

벼를 거두어 빤빤한 논에

앞을 다투어 모이를 주우며

어려운 이야기를 주고 받으오.

날씬한 두 나래로 조용한 공기를 흔들어

두 마리가 나오

집에 새끼 생각이 나는 모양이오.

(1936년 2월 10일)

황혼(黃昏)

햇살은 미닫이 틈으로

길쭉한 일자(一字)를 쓰고…… 지우고……

까마귀떼 지붕 위로

둘, 둘, 셋, 넷, 자꾸 날아 지난다.

쑥쑥― 꿈틀꿈틀 북(北)쪽 하늘로,

내사……

북(北)쪽 하늘에 나래를 펴고 싶다.

(1936년 3월 25일)

못 자는 밤

하나, 둘, 셋, 네

························

밤은

많기도 하다.

(창작 연도 표시 없음)

모란봉(牡丹峯)에서

앙당한 소나무 가지에
훈훈한 바람의 날개가 스치고
얼음 섞인 대동강(大同江) 물에
한나절 햇발이 미끄러지다.

허물어진 성(城)터에서
철모르는 여아(女兒)들이
저도 모를 이국(異國)말로
재질대며[20] 뜀을 뛰고

난데없는 자동차가 밉다.

(1936년 3월 24일)

---

20) 재질대다: '제잘대다"의 사투리.

가슴 1

소리 없는 대고(大鼓)[21],

답답하면 주먹으로

뚜다려 보았으나.

그래 봐도

후—

가—는 한숨보다 못하오.

(1936년 3월 25일)

---

21) 대고(大鼓): ① 큰 북. ② 나무나 금속으로 된 테에 가죽을 메우고 방망이로 쳐서 소리를 내는 북.

가슴 2

늦은 가을 쓰르라미
숲에 쌔워 공포(恐怖)에 떨고,

웃음 웃는 흰달 생각이 도망가오.

(1936년 3월 25일)

가슴 3

불 꺼진 화(火)독[22]을
안고 도는 겨울밤은 깊었다.

재(灰)만 남은 가슴이
문풍지 소리에 떤다.

(1936년 7월 24일)

---

22) 화(火)독: '화덕'의 북한 말. 화로.

종달새

종달새는 이른 봄날
질드즌23) 거리의 뒷골목이
슳24)더라.
명랑한 봄하늘,
가벼운 두 나래를 펴서
요염한 봄 노래가,
좋더라
그러나
오늘도 구멍 뚫린 구두를 끌고
홀렁홀렁 뒷거리길로
고기 새끼 같은 나는 헤매나니
나래와 노래가 없음인가
가슴이 답답하구나

(1936년 3월)

---

23) 질드즌: 질디진. '즐다'는 '질다'의 함경북도 방언.
24) 슳다: '싫다'의 함경북도 방언.

애기의 새벽

우리 집에는
닭도 없단다.
다만
애기가 젖 달라 울어서
새벽이 된다.

우리 집에는
시계도 없단다.
다만
애기가 젖 달라 보채어
새벽이 된다.

(창작 연도 표시 없음)

닭

한간(間) 계사(鷄舍)25) 그 너머 창공(蒼空)이 깃들어

자유(自由)의 향토(鄕土)를 잊[忘]은 닭들이

시들은 생활(生活)을 주잘대고

생산(生産)의 고로(苦勞)26)를 부르짖었다.

음산(陰酸)한27) 계사(鷄舍)에서 쓸려 나온

외래종(外來種)28) 레그혼29),

학원(學園)에서 새 무리가 밀려 나오는

삼월(三月)의 맑은 오후(午後)도 있다.

닭들은 녹아드는 두엄을 파기에

아담(雅淡)한 두 다리가 분주하고

굶주렸던 주두리30)가 바지런31)하다.

---

25) 계사(鷄舍): 닭의장. 닭장.

26) 고로(苦勞): 힘들고 애써서 수고함.

27) 음산하다(陰酸-): 분위기 따위가 을씨년스럽고 썰렁하다.

28) 외래종(外來種): 외국에서 들어온 씨나 품종.

29) 레그혼: 레그혼종(leghorn種). 닭의 한 품종. 이탈리아의 레그혼 지방이 원산지로 대표적인 난용종(卵用種)임. 볏은 붉고 몸빛은 갈색·백색·흑색 등인데, 백색종이 특히 우수함.

30) 주두리: '주둥이'의 함경도 방언.

31) 바지런: 놀지 않고 일을 꾸준히 함.

두 눈이 붉게 여물도록—

(1936년 봄)

산상(山上)

거리가 바둑판처럼 보이고,

강(江)물이 배암의 새끼처럼 기는

산(山) 우에까지 왔다.

아직쯤은 사람들이

바둑돌처럼 벌여32) 있으리라.

한나절의 태양(太陽)이

함석지붕에만 비치고,

굼벙이33) 걸음을 하는 기차가

정거장(停車場)에 섰다가 검은 내를 토(吐)하고

또, 걸음발34)을 탄다.

텐트 같은 하늘이 무너져

이 거리를 덮을까 궁금하면서

좀더 높은 데로 올라가고 싶다.

(1936년 5월)

---

32) 벌여: 바둑판의 바둑돌처럼 사람들이 여기저기 모여 있다는 뜻으로 보인다.

33) 굼벙이: '굼벵이'의 방언. 매미의 애벌레. 지잠(地蠶).

34) 걸음발: ① 걸음을 걷는 발. ② 걸음걸이.

병아리

「뾰, 뾰, 뾰
엄마 젖 좀 주」
병아리 소리.

「꺽, 꺽, 꺽,
오냐 좀 기다려」
엄마닭 소리.

좀 있다가
병아리들은
어미 품 속으로
다 들어 갔지요.

(1936년 1월 6일)

오후(午後)의 구장(球場)35)

늦은 봄, 기다리던 토요일(土曜日)날

오후(午後) 세시(時) 반(半)의 경성행(京城行)36) 열차(列車)는

석탄(石炭) 연기(煙氣)를 자욱히 품기고

소리치고 지나가고

한 몸을 끄을기에 강(强)하던

공(볼)이 자력(磁力)37)을 잃고

한 모금의 물이

불 붙는 목을

축이기에 넉넉하다.

젊은 가슴의 피 순환(循環)이 잦고,

두 철각(鐵脚)38)이 늘어진다.

검은 기차 연기와 함께

푸른 산(山)이

---

35) 구장(球場): 축구 · 야구 등 구기(球技)를 하는 운동장.

36) 경성행(京城行): 경성으로 감. '-행(行)'은 지명을 나타내는 명사의 뒤에 붙어, '그리로 감'의 뜻을
더하는 말. '경성(京城)'은 서울의 옛 이름.

37) 자력(磁力): 서로 끌거나 밀어내는 자기의 힘. 자기력(磁氣力).

38) 철각(鐵脚): 교량 · 탑 따위의 아래를 받치는 쇠로 만든 다리.

아지랑 저쪽으로

가라앉는다.

(1936년 5월)

비 오는 밤

솨! 철석! 파도소리 문살[39]에 부서져
잠 살포시 꿈이 흩어진다.

잠은 한낱 검은 고래떼처럼 설레어,
달랠 아무런 재조[40]도 없다.

불을 밝혀 잠옷을 정성스레 여미는
삼경(三更)[41].
염원(念願).

동경(憧憬)의 땅 강남(江南)에 또 홍수(洪水)질 것만 싶어,
바다의 향수(鄕愁)보다 더 호젓해진다.

(1938년 6월 11일)

39) 문살(門—): 문짝의 뼈대가 되는 나무오리나 대오리.
40) 재조: '재주'의 원말.
41) 삼경(三更): 하룻밤을 다섯 등분한 셋째. 밤 11시부터 오전 1시까지. 삼고(三鼓).

호주머니

옇42)을 것 없어

걱정이던

호주머니는,

겨울만 되면

주먹 두 개 갑북43).

(1936년)

양지(陽地)쪽

저쪽으로 황토(黃土) 실은 이 땅 봄바람이
호인(胡人)[44]의 물레바퀴처럼 돌아 지나고

아롱진 사월(四月) 태양(太陽)의 손길이
벽(壁)을 등진 섧운 가슴마다 올올이 만진다.

지도(地圖)째기 놀음에 뉘 땅인 줄 모르는 애 둘이
한뽐[45] 손가락이 짧음을 한(恨)함이여

아서라! 가뜩이나 엷은 평화(平和)가
깨어질까 근심스럽다.

(1936년 봄)

---

44) 호인(胡人): ① 만주 사람. ② 야만인.
45) 한뽐: 한 뼘. '뼘'은 엄지손가락과 다른 손가락을 최대한 벌려 잰 길이를 세는 단위.

곡간(谷間)46)

산들이 두 줄로 줄달음질치고

여울47)이 소리쳐 목이 자젓다48).

한여름49)의 해님이 구름을 타고

이 골짜기를 빠르게도 건너련다.

산(山)등아리50)에 송아지뿔처럼

울뚝불뚝히 어린 바위 가 솟고,

얼룩소의 보드라운 털이

산(山)등서리51)에 퍼—렇게 자랐다.

3년(三年) 만에 고향(故鄕)에 찾아드는

산골 나그네의 발걸음이

타박타박 땅을 고눈다52).

벌거숭이 두루미 다리같이……

---

46) 곡간(谷間 たにま, 일본어): ① 골짜기 ② (비유적으로) 응달.

47) 여울: 강이나 바다의 바닥이 얕거나 폭이 좁아 물살이 빠른 곳.

48) 한여름: ① 여름의 한창 더운 때. 성하(盛夏). ② 여름 한철.

49) 자젓다: 잦다. 거친 기운이 잠잠해지거나 가라앉다.

50) 등아리: '등'의 강원도 방언.

51) 등서리: '등'의 경상도 방언.

52) 고누다: 발굽을 세워 디디다.

헌 신짝이 지팡이 끝에

모가지를 매달아 늘어지고,

까치가 새끼의 날발을 태우며 날 뿐,

골짝은 나그네의 마음처럼 고요하다.

(1936년, 여름)

산골물

괴로운 사람아 괴로운 사람아

옷자락 물결 속에서도

가슴속 깊이 돌돌 샘물이 흘러

이 밤을 더불어 말할 이 없도다.

거리의 소음과 노래 부를 수 없도다.

그신 듯이 냇가에 앉았으니

사랑과 일을 거리에 맡기고

가만히 가만히

바다로 가자,

바다로 가자.

(창작 연도 표시 없음)

햇비53)

아씨처럼 나린다

보슬보슬 햇비

맞아주자 다같이

　　옥수수대처럼 크게

　　닷자 엿자 자라게

　　해님이 웃는다

　　나 보고 웃는다.

하늘다리 놓였다.

알롱알롱 무지개

노래하자, 즐겁게

　　동무들아 이리 오나

　　다같이 춤을 추자

　　해님이 웃는다

　　즐거워 웃는다.

(1936년 9월 9일)

---

53) 햇비: '여우비'의 방언. 볕이 난 날 잠깐 내리다 그치는 비.

빗자루

요—리조리 베면 저고리 되고
이—렇게 베면 큰 총 되지.
    누나하고 나하고
    가위로 종이 쓸았더니
    어머니가 빗자루 들고
    누나 하나 나 하나
    엉덩이를 때렸소
    방바닥이 어지럽다고—

    아니 아니
    고놈의 빗자루가
    방바닥 쓸기 싫으니
    그랬지 그랬어
괘씸하여 벽장 속에 감췄더니
이튿날 아침
빗자루가 잃어졌다고
어머니가 야단이지요.

(1936년 9월 9일)

비행기

머리에 프로펠러가

연자깐54) 풍채55)보다

더—빨리 돈다.

따56)에서 오를 때보다

하늘에 높이 떠서는

빠르지 못하다

숨결이 찬 모양이야.

비행기는—

새처럼 나래를

펄럭거리지 못한다.

그리고 늘—

소리를 지른다.

숨이 찬가 봐.

(1936년, 10월 초)

---

54) 연자깐: 연자간[研子間]. 연자방아로 곡식을 찧는 방앗간.
55) 풍채: '풍차'의 방언인 듯하다.
56) 따: '땅'의 제주도 · 함경도의 방언.

둘 다

바다도 푸르고
하늘도 푸르고

바다도 끝없고
하늘도 끝없고

바다에 돌 던지고
하늘에 침 받고[57]

바다는 벙글
하늘은 잠잠

(창작 연도 표시 없음)

---

57) 받다: '뱉다'의 함경도 방언.

무얼 먹고 사나

바닷가 사람
물고기 잡아먹구 살구

산골에 사람
감자 구워먹구 살구

별나라 사람
무얼 먹구 사나

(1936년 10월)

유언(遺言)58)

후어—ㄴ한 방(房)에
유언(遺言)은 소리 없는 입놀림.

    바다에 진주(眞珠) 캐러 갔다는 아들
    해녀(海女)59)와 사랑을 속삭인다는 맏아들
    이 밤에사 돌아오나 내다 봐라—

평생(平生) 외로운 아바지60)의 운명(殞命)61)
감기우는 눈에 슬픔이 어린다.

외딴집에 개가 짖고
휘양찬 달이 문살에 흐르는 밤.

(1937년 10월 24일)

---

58) 유언(遺言): 죽음에 이르기 직전에 남기는 말. 유음(遺音).
59) 해녀(海女): 바다 속으로 잠수해 들어가 해삼·전복·미역 등을 따는 것을 업으로 하는 여자.
60) 아바지: '아버지'의 제주도·평안도·함경도·황해도의 방언.
61) 운명(殞命): 사람의 목숨이 끊어짐. 죽음.

굴뚝

산골짜기 오막살이 낮은 굴뚝엔
몽기몽기 웨인 내굴62) 대낮에 솟나,

감자를 굽는 게지 총각 애들이
깜박깜박 검은 눈이 모여 앉아서
입술에 꺼멓게 숯을 바르고
이야기 한 커리63)에 감자 하나씩.

산골짜기 오막살이 낮은 굴뚝엔
살랑살랑 솟아나네 감자 굽는 내.

(1936년 가을)

---

62) 내굴: '내'의 함경도 방언. 내=연기.
63) 커리: '켤레'의 강원도 · 충청도 · 경기도 · 평안북도 · 함경도의 방언.

눈

지난밤에
눈이 소—복이 왔네

지붕이랑
길이랑 밭이랑
치워64)한다고
덮어 주는 이불인가봐

그러기에
치운 겨울에만 내리지

(1936년 12월)

---

64) 칩다: '칩다'의 강원도 · 경상도 · 함경도 방언.

달밤

흐르는 달의 흰 물결을 밀쳐

여원 나무그림자를 밟으며,

북망산(北邙山)65)을 향(向)한 발걸음은 무거웁고

고독(孤獨)을 반려(伴侶)66)한 마음은 슬프기도 하다.

누가 있어만 싶든 묘지(墓地)엔 아무도 없고,

정적(靜寂)67)만이 군데군데 흰 물결에 폭 젖었다.

(1937년 4월 15일)

---

65) 북망산(北邙山): 중국의 허난성(河南省) 낙양(洛陽)의 북쪽에 있는 작은 산인 베이망 산(北邙山)에
   무덤이 많았다는 데서] 무덤이 많은 곳이나 사람이 죽어서 묻히는 곳을 일컬음. 북망산천.
66) 반려(伴侶): 짝이 되는 동무.
67) 정적(靜寂): 고요하여 잠잠함.

버선본

어머니!
누나 쓰다 버린 습자지는
두었다간 뭣에 쓰나요?

그런 줄 몰랐더니
습자지에다 내 보선[68] 놓고
가위로 오려
버선 본 만드는걸.

어머니!
내가 쓰다 버린 몽당 연필은
두었다간 뭣에 쓰나요?

그런 줄 몰랐더니
천 위에다 버선 본 놓고
침발려 점을 찍곤
내 보선 만드는걸.

(1936년 12월 초)

---

68) 보선: '버선'의 강원도 · 충청도 · 경기도 · 경상도 · 제주도 · 함경도 방언.

오줌싸개 지도

빨랫줄에 걸어논
요에다 그린 지도
지난밤에 내 동생
오줌싸 그린 지도

꿈에 가 본 어머님 계신
별나라 지돈가,
돈 벌러 간 아빠 계신
만주땅 지돈가.

(1936년)

편지

누나!
이 겨울에도
눈이 가득히 왔습니다.

흰 봉투에
눈을 한 줌 넣고
글씨도 쓰지 말고
우표도 붙이지 말고
말쑥하게 그대로
편지에 부칠가요

누나 가신 나라엔
눈이 아니 온다기에.

(창작 연도 표시 없음)

아츰

휙, 휙, 휙, 소꼬리가 부드러운 채찍질로 어둠을 쫓아,
캄, 캄, 어둠이 깊다 깊다 밝으오.

땀물을 뿌려 이 여름을 길렀소.
잎, 잎, 풀잎마다 땀방울이 맺혔소.

구김살 없는 이 아츰을
심호흡(深呼吸)하오, 또 하오.

(1936년)

기왓장 내외

비 오는 날 저녁에 기왓장 내외
잃어버린 외아들 생각나선지
꼬부라진 잔등을 어루만지며
쭈룩쭈룩 구슬피 울음 웁니다.

대궐 지붕 위에서 기왓장 내외
아름답던 옛날이 그리워선지
주름 잡힌 얼굴을 어루만지며
물끄러미 하늘만 쳐다봅니다.

(1939년)

밤

오양간[69] 당나귀
아─O 앙 외마디 울음 울고

당나귀 소리에
으─아 아 애기 소스라쳐 깨고,

등잔에 불을 다오.

아바지는 당나귀에게
짚을 한 키 담아주고,

어머니는 애기에게
젖을 한 모금 먹이고,

밤은 다시 고요히 잠드오.

(창작 연도 표시 없음)

---

69) 오양간: '외양간'의 방언.

이런 날

사이좋은 정문(正門)의 두 돌기둥 끝에서
오색기(五色旗)와 태양기(太陽旗)가 춤을 추는 날,
금[線]을 그은 지역(地域)의 아이들이 즐거워하다.

아이들에게 하루의 건조(乾燥)한 학과(學課)로
해말간 권태(倦怠)가 깃들고
「모순(矛盾)」 두 자를 이해(理解)치 못하도록
머리가 단순(單純)하였구나.

이런 날에는
잃어버린 완고(頑固)하던70) 형(兄)을
부르고 싶다.

(1936년 6월 10일)

---

70) 완고하다(頑固—): 융통성이 없이 올곧고 고집이 세다. 완미하다.

풍경(風景)

봄바람을 등진 초록빛 바다
쏟아질 듯 쏟아질 듯 위트롭다[71].

잔주름 치마폭의 두둥실거리는 물결은,
오스라질 듯 한끝[72] 경쾌(輕快)롭다.

마스트 끝에 붉은 깃(旗)발이
여인(女人)의 머리칼처럼 나부낀다.

이 생생한 풍경(風景)을 앞세우며 뒤세우며
외—ㄴ 하루 거닐고 싶다.

—우중충한 오월(五月) 하늘 아래로,
—바닷빛 포기포기에 수(繡)놓은 언덕으로.

(1957년 5월 29일)

---

71) 위트롭다: 위태롭다. 위태한 듯하다.
72) 한끝: '한껏'의 방언.

장

이른 아침 아낙네들은 시들은 생활(生活)을

바구니 하나 가득 담아 이고……

업고 지고…… 안고 들고……

모여드오 자꾸 장에 모여드오.

가난한 생활(生活)을 골골이 벌여놓고

밀려가고…… 밀려오고……

저마다 생활(生活)을 외치오…… 싸우오.

왼 하루 올망졸망한 생활(生活)을

되질73)하고 저울질하고 자질하다74)가

날이 저물어 아낙네들이

씁은75) 생활(生活)과 바꾸어 또 이고 돌아가오.

(1937년 봄)

---

73) 자질하다: (사람이) 자로 물건을 재는 일을 하다.
74) 되질: 곡식 따위를 되로 헤아리는 일.
75) 씁은: '쓰다'의 경상남도·함경북도 방언.

빨래

빨랫줄에 두 다리를 드리우고
흰 빨래들이 귓속이야기 하는 오후(午後),

쨍쨍한 7월(七月) 햇발76)은 고요히도
아담한 빨래에만 달린다.

(1936년)

---

76) 햇발: 사방으로 뻗친 햇살. 햇귀.

그 여자(女子)

함께 핀 꽃에 처음 익은 능금은
먼저 떨어졌습니다.

오늘도 가을바람은 그냥 붑니다.

길가에 떨어진 붉은 능금은
지나는 손님이 집어갔습니다.

(1937년 7월 26일)

한난계(寒暖計)77)

싸늘한 대리석(大理石) 기둥에 모가지를 비틀어 맨 한난계(寒暖計),

문득 들여다볼 수 있는 운명(運命)한 오척육촌(五尺六寸)의 허리 가는

수은주(水銀柱),

마음은 유리관(瑠璃管)보다 맑소이다.

혈관(血管)이 단조(單調)로워 신경질(神經質)인 여론동물(與論動物),

가끔 분수(噴水) 같은 냉(冷)침을 억지로 삼키기에,

정력(精力)을 낭비(浪費)합니다.

영하(零下)로 손구락78)질할 수돌네 방(房)처럼 칩은79)겨울보다

해바라기 만발(滿發)한 팔월(八月) 이상(理想) 곱소이다.

피끓을 그날이—

어제는 막 소낙비가 퍼붓더니 오늘은 좋은 날씨올시다.

동저골80) 바람에 언덕으로, 숲으로 하시구려—

---

77) 한난계(寒暖計): '온도계'의 북한어.
78) 손구락: '손가락'의 강원도 · 충청도 · 평안도 방언.
79) 칩은: '추운'의 고어(古語).
80) 동저골: '동저고리'의 준말. 남자가 입는 저고리. 겹것과 핫것이 있음. 동의(胴衣).

이렇게 가만가만 혼자서 귓속 이야기를 하였습니다.

나는 또 내가 모르는 사이에—

나는 아마도 진실(眞實)한 세기(世紀)의 계절(季節)을 따라

하늘만 보이는 울타리 안을 뛰쳐,

역사(歷史) 같은 포지션을 지켜야 봅니다.

(1937년 7월 1일)

사과

붉은 사과 한 개를
아버지, 어머니,
누나, 나, 넷이서
껍질 채로 송치81)까지
다아 나눠 먹었소.

(창작 연도 표시 없음)

---

81) 송치: 옥수수 이삭의 속.

소낙비

번개, 뇌성, 왁자지근 뚜다려
머—ㄴ 도회지(都會地)에 낙뢰(落雷)82)가 있어만 싶다.

벼룻장83) 엎어논 하늘로
살 같은 비가 살처럼 쏟아진다.

손바닥만한 나의 정원(庭園)이
마음같이 흐린 호수(湖水) 되기 일쑤다.

바람이 팽이처럼 돈다.
나무가 머리를 이루 잡지 못한다.

내 경건(敬虔)한 마음을 모셔드려
노아84) 때 하늘을 한 모금 마시다.

(1937년 8월 9일)

---

82) 낙뢰(落雷): 벼락이 떨어짐. 또는 그 벼락.
83) 벼룻장: '벼룻집'의 잘못.
84) 노아(Noah): 『구약 성서』「창세기」의 홍수 이야기의 주인공. 아담의 10대 손(孫).

거리에서

달밤의 거리

광풍(狂風)85)이 휘날리는

북국(北國)의 거리

도시(都市)의 진주(眞珠)

전등(電燈) 밑을 헤엄치는

조그만 인어(人魚) 나,

달과 전등에 비쳐

한 몸에 둘 셋의 그림자,

커졌다 작아졌다.

괴롬의 거리

회색(灰色)빛 밤거리를

걷고 있는 이 마음

선풍(旋風)86)이 일고 있네

외로우면서도

한 갈피 두 갈피

피어나는 마음의 그림자,

---

85) 광풍(狂風): 미친 듯이 휘몰아치며 사납게 부는 바람.
86) 선풍(旋風): ① 회오리바람. ② 돌발적으로 일어나 세상을 뒤흔드는 사건의 비유.

푸른 공상(空想)이

높아졌다 낮아졌다.

(1936년 1월 18일)

비애(悲哀)87)

호젓한 세기(世紀)88)의 달을 따라

알듯 모를 듯한 데로 거닐과저!

아닌 밤중에 튀기듯이

잠자리를 뛰쳐

끝없는 광야(廣野)를 홀로 거니는

사람의 심사(心思)89)는 외로우려니

아―이 젊은이는

피라밋처럼 슬프구나

(1937년 8월 15일)

---

87) 비애(悲哀): 슬픔과 설움.
88) 세기(世紀): ① 시대 또는 연대. ② 서력에 있어서 100년을 단위로 하여 연대를 세는 말. ③ (수량을 나타내는 말 뒤에 쓰여) 100년 동안의 일컬음. ④ ('세기의'의 꼴로 쓰여) 100년 동안에 한 번밖에 나타나지 않음을 이르는 말. ⑤ 오랜 세월.
89) 심사(心思): ① 어떤 일에 대한 마음의 작용. ② 마음에 맞지 않아 어깃장을 놓고 싶은 마음.

명상(瞑想)90)

가츨가출한 머리칼은 오막살이 처마끝,

쉿파람91)에 콧마루가 서분한92) 양 간질키오.

들창(窓)93) 같은 눈은 가볍게 닫혀

이 밤에 연정(戀情)94)은 어둠처럼 골골이 스며드오.

(1937년 8월 20일)

---

90) 명상(瞑想 · 冥想): 눈을 감고 고요히 생각함. 또는 그런 생각.
91) 쉿파람: '휘바람'의 평안도 · 강원도 방언. 휘몰아치며 부는 바람.
92) 서분한: '서운하다'의 평안북도 방언.
93) 들창(一窓): ① 들어서 여는 창. ② 벽의 위쪽에 자그맣게 만든 창. 들창문.
94) 연정(戀情): 이성을 사모하고 그리워하는 마음. 애정. 염정.

바다

실어다 뿌리는
바람조차 시원타.

솔나무 가지마다 샛춤히95)
고개를 돌리어 뻐들어지고,

밀치고
밀치운다.

이랑을 넘는 물결은
폭포처럼 피어오른다.

해변(海邊)에 아이들이 모인다
찰찰 손을 씻고 구보로96).

바다는 자꾸 섧어진다.

---

95) 샛춤히: '새침히'의 방언.
96) 구보로: 구보(丘阜)로. '구보(丘阜)'는 '언덕'이라는 뜻임. 구부로=언덕으로.

갈매기의 노래에……

돌아다보고 돌아다보고

돌아가는 오늘의 바다여!

(1937년 9월 원산(元山) 송도원(松濤園)에서)

거짓부리⁹⁷⁾

똑, 똑, 똑,

문 좀 열어주세요

하로⁹⁸⁾밤 자고 갑시다.

    밤은 깊고 날은 추운데

    거 누굴까?

문 열어주고 보니

검둥이의 꼬리가

거짓부리한걸.

꼬기요, 꼬기요,

달걀 낳았다.

간난아! 어서 집어 가거라

    간난이 뛰어가 보니

    달걀은 무슨 달걀

고놈의 암탉이

대낮에 재빨간⁹⁹⁾

---

97) 거짓부리: '거짓말'의 속어. [어감이 작은 말 앞에] 가짓부리. [준말 앞에] 거짓불.
98) 하로: '하루'의 방언.
99) 재빨간: 재빨갛다. '재빨갛다'는 '새빨갛다'의 함경도 방언.

거짓부리 한걸.

(창작 연도 표시 없음)

산협(山峽)100)의 오후(午後)

내 노래는 오히려
섧은 산울림101).

골짜기 길에
떨어진 그림자는
너무나 슬프구나

오후의 명상은
아─졸려.

(1937년 9월)

---

100) 산협(山峽): ① 깊은 산속의 골짜기. ② 두메.
101) 산울림: ① 땅속의 변화로 산이 울리는 일. 또는 그런 소리. 산명(山鳴). ② 메아리.

가을밤

굿은비 나리는 가을밤

벌거숭이 그대로

잠자리에서 뛰쳐나와,

마루에 쭈그리고 서서,

아이ㄴ 양 하고

솨— 오줌을 쏘오.

(1936년 10월 23일)

비로봉(毘盧峰)

만상(萬象)[102]을
굽어보기란—

무릎이
오들오들 떨린다.

백화(白樺)[103]
어려서 늙었다.

새가
나비가 된다.

정말 구름이
비가 된다.

옷자락이

---

102) 만상(萬象): 온갖 사물의 형상.
103) 백화(白樺): 자작나무.

칩다[104].

(1937년 9월)

---

104) 칩다: '춥다'의 고어(古語).

창(窓)

쉬는 시간마다
나는 창(窓)녘[105]으로 갑니다.

―창(窓)은 산 가르침.

이글이글 불을 피워주소,
이 방에 찬 것이 서럽니다.

단풍잎 하나
맴도나 보니
아마도 자그마한 선풍(旋風)이인 게외다.

그래도 싸늘한 유리창에
햇살이 깽쟁한 무렵,
상학종(上學鐘)[106]이 울어만 싶습니다.

(1937년 10월)

---

105) 창(窓)녘: '창가'의 방언.
106) 상학종(上學鐘): 학교에서 그날의 공부를 시작하는 시간을 알리는 종(鐘).

만돌이

만돌이가 학교에서 돌아오다가

전봇대 있는 데서

돌재기107) 다섯 개를 주웠습니다.

전봇대를 겨누고

돌 첫개를 뿌렸습니다.

―딱―

두 개째 뿌렸습니다.

―아뿔사―

세 개째 뿌렸습니다.

―딱―

네 개째 뿌렸습니다.

―아뿔사―

다섯 개째 뿌렸습니다.

―딱―

다섯 개에 세 개⋯⋯

그만하면 되었다.

---

107) 돌재기: '자갈'의 함경북도 방언.

내일 시험,
다섯 문제에, 세 문제만 하면—
손꼽아 구구를 하여 봐도
허양108) 육십 점이다.
볼 거 있나 공 차러 가자.

그 이튿날 만돌이는
꼼짝 못하고 선생님한테
흰 종이를 바쳤을까요
그렇잖으면 정말
육십 점을 맞았을까요.

(창작 연도 표시 없음)

---

108) 허양: ① 거침없이. 그냥. ② 근처.

반딧불

가자 가자 가자
숲으로 가자
달조각을 주우러
숲으로 가자.

　　그믐밤 반딧불은
　　부서진 달조각,

가자 가자 가자
숲으로 가자
달조각을 주우러
숲으로 가자.

(창작 연도 표시 없음)

겨울

난간 밑에

시라지109) 다람이110)

바삭바삭

춥소.

길바닥에

말똥 동그래미

달랑달랑

어오.

(1936년 겨울)

산울림

까치가 울어서
산울림,
아무도 못 들은
산울림,

까치가 들었다,
산울림,
저 혼자 들었다,
산울림,

(1938년 5월)

이별(離別)

눈이 오다 물이 되던 날.
잿빛 하늘에 또 뿌연내, 그리고,
커다란 기관차(機關車)는 빼—액— 울며,
쪼그만, 가슴은, 울렁거린다.

이별이 너무 재빠르다, 안타깝게도,
사랑하는 사람을,
일터에서 만나자 하고—
더운 손의 맛과 구슬 눈물이 마르기 전
기차는 꼬리를 산굽¹¹¹⁾으로 돌렸다.

(1936년 3월 20일)

---

111) 산굽: 산굽이. 산기슭의 휘어서 구부러진 곳.

이적(異蹟)

발에 터분한112) 것을 다 빼어버리고

황혼(黃昏)이 호수(湖水) 위로 걸어오듯이

나도 사뿐사뿐 걸어 보리이까?

내사 이 호수(湖水)가로

부르는 이 없이

불리어 온 것은

참말 이적(異蹟)113)이외다.

오늘따라

연정(戀精)114), 자홀(自惚)115), 시기(猜忌), 이것들이

자꾸 금메달처럼 만져지는구려

하나, 내 모든 것을 여념(餘念) 없이,

물결에 씻어 보내려니

---

112) 터분하다: ① 음식의 맛이나 냄새가 신선하지 못하다. ② 날씨나 기분 따위가 시원하지 못하고
   답답하다.
113) 이적(異蹟): ① 기이한 행적. ② 기적(奇蹟).
114) 연정(戀精): 이성을 사모하고 그리워하는 마음. 애정. 염정.
115) 자홀(自惚): 혼자서 황홀해 함.

당신은 호면(湖面)116)으로 나를 불러내소서.

(1938년 6월 19일)

---

116) 호면(湖面): 호수의 수면.

사랑의 전당(殿堂)

순(順)아 너는 내 전(殿)117)에 언제 들어왔던 것이냐?
내사 언제 네 전(殿)에 들어갔던 것이냐?

우리들의 전당(殿堂)118)은
고풍(古風)119)한 풍습(風習)이 어린 사랑의 전당

순(順)아 암사슴처럼 수정(水晶)눈을 내려 감아라.
난 사자처럼 엉크린120) 머리를 고루련다.

우리들의 사랑은 한날 벙어리였다.

성(聖)스런 촛대에 열(熱)한121) 불이 꺼지기 전(前)
순(順)아 너는 앞문으로 내달려라.

---

117) 전(展): '궁궐' 등의 뜻을 나타내는 말.
118) 전당(殿堂): 크고 화려한 집.
119) 고풍(古風): ① 옛 풍속. ② 예스러운 풍치나 모습.
120) 엉크린: 엉클다. ① 실이나 줄 따위가 서로 뒤얽혀서 풀리지 않게 하다. ② 일을 뒤섞어 갈피를
잡을 수 없게 하다.
121) 열하다(熱―): 열이 생기게 하다. 뜨겁게 하다. 가열하다.

어둠과 바람이 우리 창(窓)에 부딪치기 전(前)

나는 영원(永遠)한 사랑을 안은 채

뒷문(門)으로 멀리 사라지련다.

이제,

네게는 삼림(森林) 속의 아늑한 호수(湖水)가 있고

내게는 준험(峻險)[122]한 산맥(山脈)이 있다.

(1938년 6월 19일)

---

122) 준험(峻險): 산 따위가 높고 험함.

아우의 인상화(印象畵)[123]

붉은 이마에 싸늘한 달이 서리어
아우의 얼굴은 슬픈 그림이다.

발걸음을 멈추어
살그머니 애딘[124] 손을 잡으며
「늬는 자라 무엇이 되려니」
「사람이 되지」
아우의 설흔[125] 진정코 설흔 대답(對答)이다.

슬며시 잡았던 손을 놓고
아우의 얼굴을 다시 들여다본다.

싸늘한 달이 붉은 이마에 젖어
아우의 얼굴은 슬픈 그림이다.

(1938년 9월 15일)

---

123) 인상화(印象畵): 인상주의적인 화풍의 그림.
124) 애딘: 앳된. '앳되다'의 활용형. (사람이나 그 생김새, 목소리 따위가) 나이에 비하여 어려 보이는
느낌이 있다.
125) 설흔: 설은. '설은'은 '설다'의 활용형. ① (무엇이 눈이나 귀에) 익지 않아 서먹하고 어색하다. ②
(어떤 일 따위가) 손에 익숙하지 않아 서투르다.

어머니

어머니!
젖을 빨려 이 마음을 달래어 주시오.
이 밤이 자꾸 설혀지나이다.

이 아이는 턱에 수염자리 잡히도록
무엇을 먹고 자랐나이까?
오늘도 흰 주먹이
입에 그대로 물려 있나이다.

어머니
부서진 납인형(人形)도 슬혀126)진지
벌써 오랩니다.

철비가 후누주군이127) 내리는 이 밤을
주먹이나 빨면서 새우리까?
어머니! 그 어진 손으로

---

126) 슬혀: '슳다', '싫다'의 함경북도 등지의 방언.
127) 후누주군이: '후줄근히'의 방언으로 보인다.

이 울음을 달래어 주시오.

(1938년 5월 28일)

코스모스

청초(淸楚)한128) 코스모스는
오직 하나인 나의 아가씨

달빛이 싸늘히 추운 밤이면
옛 소녀(少女)가 못 견디게 그리워
코스모스 핀 정원(庭園)으로 찾아간다.

코스모스는
귀또리129) 울음에도 수줍어지고

코스모스 앞에 선 나는
어렸을 적처럼 부끄러워지나니

내 마음은 코스모스의 마음이요
코스모스의 마음은 내 마음이다.   (1938년 9월 20일)

---

128) 청초하다(淸楚-): 깨끗하고 곱다.
129) 귀또리: '귀뚜리'의 강원도 · 전라남도 · 평안남도 · 함경남도 방언. 메뚜기목 귀뚜라밋과에 속한
    곤충. 몸빛은 진한 갈색에 복잡한 얼룩점이 있다. 8-10월에 나타나 풀밭이나 뜰 안에 살면서
    수컷이 가을을 알리듯이 운다. 우리나라를 비롯한 동남아시아에 분포한다. 귀뚜라미.

고추밭

시들은 잎새 속에서
고 빨—간 살을 드러내놓고,
고추는 방년(芳年)130)된 아가씬 양
땍볕131)에 자꾸 익어간다.

할머니는 바구니를 들고
밭머리에서 어정거리고
손가락 너어는132) 아이는
할머니 뒤만 따른다.

(1938년 10월 26일)

---

130) 방년(芳年): 여자의, 이십 세 전후의 꽃다운 나이. 방령(芳齡).
131) 땍볕: '뙤약볕'의 경상북도 방언.
132) 너어는: 쥐나 개 따위가 이 따위로 쏠거나 씹는다는 뜻의 방언.

햇빛·바람

손가락에 침 발라
쏘옥, 쏙, 쏙.
장에 가는 엄마 내다보려
문풍지를
쏘옥, 쏙, 쏙,

아츰에 햇빛이 반짝,

손가락에 침발러
쏘옥, 쏙, 쏙,
장에 가신 엄마 돌아오나
문풍지를
쏘옥, 쏙, 쏙,

저녁에 바람이 솔솔.

(창작 연도 표시 없음)

빗자루

요—리 조리 베면 저고리 되고
이—렇게 베면 큰 총되지.

    누나하고 나하고
    가위로 종이 쏠았더니
    어머니가 빗자루 들고
    누나 하나 나 하나
    엉덩이를 때렸소
    방바닥이 어지럽다고—

    아니 아니
    고놈133)의 빗자루가
    방바닥 쓸기 싫으니
    그랬지 그랬어
괘씸하여 벽장 속에 감췄더니
이튿날 아침 빗자루가 없다고
어머니가 야단이지요.

(1936년 9월 9일)

---

133) 고놈: '그놈'이나 어떤 작은 것을 낮잡아 이르거나 귀엽게 이르는 말.

해바라기 얼굴

누나의 얼굴은
　　해바라기 얼굴
해가 금방 뜨자
　　일터에 간다.

해바라기 얼굴은
　　누나의 얼굴
얼굴이 숙어들어
　　집으로 온다.

(창작 연도 표시 없음)

귀뚜라미와 나와

귀뚜라미와 나와
잔디밭에서 이야기했다.

귀뜰귀뜰
귀뜰귀뜰

아무게도 알으켜 주지 말고
우리 둘만 알자고 약속했다.

귀뜰귀뜰
귀뜰귀뜰

귀뚜라미와 나와
달 밝은 밤에 이야기했다.

(창작 연도 표시 없음)

개

눈 위에서

개가

꽃을 그리며

뛰오.

(창작 연도 표시 없음)

달같이

연륜(年輪)134)이 자라듯이

달이 자라는 고요한 밤에

달같이 외로운 사랑이

가슴 하나 뻐근히

연륜(年輪)처럼 피어나간다.

(1939년 9월)

---

134) 연륜(年輪): ① 여러 해 동안 쌓은 경험으로 이루어진 숙련의 정도. ② 나이테. ③ 물고기의 나이
를 알아볼 수 있는 줄무늬.

식권(食券)

식권은 하루 세 끼를 준다.

식모는 젊은 아이들에게
한때 흰 그릇 셋을 준다.

대동강(大同江) 물로 끓인 국,
평안도(平安道) 쌀로 지은 밥,
조선(朝鮮)의 매운 고추장,

식권은 우리 배를 부르게.

(1936년 3월 20일)

장미(薔薇) 병(病)들어

장미 병들어

옮겨놓을 이웃이 없도다.

달랑달랑 외로이

황마차(幌馬車)135) 태워 산에 보낼거나

뚜—구슬피

화륜선(火輪船)136) 태워 대양(大洋)137)에 보낼거나

프로펠러 소리 요란히

비행기(飛行機) 태워 성층권(成層圈)138)에 보낼거나

이것저것

다 그만두고

---

135) 황마차(幌馬車): 비바람, 먼지, 햇볕 등을 막기 위하여 포장을 친 마차.
136) 화륜선(火輪船): '기선'의 구칭.
137) 대양(大洋): 세계의 해양 가운데에 특히 넓고 큰 바다.
138) 성층권(成層圈): 대류권과 중간권 사이에 있는, 거의 안정된 대기층. 높이 약 10~50km.

자라가는 아들이 꿈을 깨기 전(前)

이 내 가슴에 묻어다오.

(1939년 9월)

산골물

괴로운 사람아 괴로운 사람아
옷자락 물결 속에서도
가슴 속 깊이 돌돌 샘물이 흘러
이 밤을 더불어 말할 이 없도다.
거리의 소음과 노래 부를 수 없도다.
그신 듯이 냇가에 앉았으니
사랑과 일을 거리에 맡기고
가만히 가만히
바다로 가자,
바다로 가자.

(창작 연도 표시 없음)

울적(鬱寂)

처음 피워 본 담배맛은
아츰까지 목 안에서 간질간질 타.

어젯밤에 하도 울적(鬱寂)하기139)에
가만히 한 대 피워 보았더니.

(1937년 6월)

---

139) 울적하다(鬱寂--): 답답하고 쓸쓸하다.

나무

나무가 춤을 추면
　　바람이 불고
나무가 잠잠하면
　　바람이 자오.

(창작 연도 표시 없음)

할아버지

왜떡140)이 씁은141) 데도

자꾸 달다고 하오.

(1937년 3월 10일)

---

140) 왜떡(倭—): 예전에, 밀가루나 쌀가루를 반죽해 얇게 늘여서 구운 과자를 이르던 말.
141) 씁은: '쓰다'의 경상남도 · 함경북도 방언.

야행(夜行)142)

정각(正刻)! 마음이 아픈데 있어 고약(膏藥)143)을 붙이고

시들은 다리를 끄을고 떠나는 행장(行裝)144).

─기적이 들리잖게 운다.

사랑스런 여인(女人)이 타박타박 땅을 굴려 쫓기에

하도 무서워 상가교(上架橋)를 기어 넘다.

─이제로부터 등산철도(登山鐵道),

이윽고 사색(思索)의 포플라 터널로 들어간다

시(詩)라는 것을 반추(反芻)하다 마땅히 반추(反芻)하여야 한다.

─저녁 연기(煙氣)가 놀145)로 된 이후(以後).

휘바람146) 부는 햇147) 귀뚜라미의 노래는 마디마디 끊어져

그믐달처럼 호젓하게 슬프다

늬는 노래 배울 어머니도 아버지도 없나보다

─늬는 다리 가는 쬐그만 보헤미안

내사 보리밭 동리에 어머니도 누나도 있다.

---

142) 야행(夜行): ① 밤에 길을 감. ② 밤에 활동함.
143) 고약(膏藥): 헐거나 곪은 데에 붙이는 끈끈한 약. 검은약.
144) 행장(行裝): 여행할 때 쓰는 물건과 차림. 행구(行具). 행리(行李).
145) 놀: 노을.
146) 휘바람: 원본에는 '휘ㅅ바람'으로 되어 있다. 휫바람. 입술을 좁게 오므리고 혀끝으로 입김을 불어서 맑게 내는 소리. 또는 그런 일. 규범 표기는 '휘파람'이다.
147) 햇: 접두사. '그해에 새로 나온'의 뜻.

그네는 노래 부를 줄 몰라

오늘밤도 그윽한 한숨으로 보내리니—.

(1937년 7월 26일)

트르게네프의 언덕[148]

나는 고갯길을 넘고 있었다…… 그때 세 소년 거지가 나를 지나쳤다.

첫째 아이는 잔등[149]에 바구니를 둘러메고, 바구니 속에는 사이다병, 간즈메[150]통, 쇳조각, 헌 양말짝 등(等) 폐물(廢物)[151]이 가득하였다.

둘째 아이도 그러하였다.

셋째 아이도 그러하였다.

텁수룩한 머리털, 시커먼 얼굴에 눈물 고인 충혈(充血)된 눈, 색(色) 잃어 푸르스름한 입술, 너들너들한 남루(襤褸)[152], 찢겨진 맨발,

아―, 얼마나 무서운 가난이 이 어린 소년(少年)들을 삼키었느냐!

나는 측은(惻隱)한 마음이 움직이었다.

나는 호주머니를 뒤지었다. 두툼한 지갑, 시계(時計), 손수건…… 있을 것은 죄다 있었다.

그러나 무턱대고 이것들을 내줄 용기(勇氣)는 없었다. 손으로 만지작만지작거릴 뿐이었다.

다정(多情)스레 이야기나 하리라 하고 「얘들아」 불러보았다.

첫째 아이가 충혈(充血)된 눈으로 흘끔 돌아다볼 뿐이었다.

---

148) 트르게네프의 언덕: 원고 제목 윗부분에 '산문시'라고 표기되어 있다.
149) 잔등: '등'의 비표준어. 사람이나 동물의 가슴과 배의 반대쪽 부분.
150) 간즈메(かんづめ): ① 통조림 ② 가둠 ③ 어떤 장소에 사람을 가두어 외부와의 접촉을 차단함.
151) 폐물(廢物): 못쓰게 된 물건.
152) 남루(襤褸): ① 누더기. ② 옷 따위가 낡고 해져서 너절함.

둘째 아이도 그러할 뿐이었다.

셋째 아이도 그러할 뿐이었다.

그리고는 너는 상관(相關)없다는 듯이 자기(自己)네끼리 소근소근 이야기하면서 고개로 넘어갔다.

언덕 우153)에는 아무도 없었다.

짙어가는 황혼(黃昏)이 밀려들 뿐

(1939년 9월)

---

153) 우: '위'의 고어(古語).

꿈은 깨어지고

꿈은 눈을 떴다

그윽한 유무(幽霧)154)에서.

노래하는 종달이155)

도망쳐 날아나고,

지난날 봄타령하던

금잔디 밭은 아니다.

탑(塔)은 무너졌다,

붉은 마음의 탑이—

손톱으로 새긴 대리석탑(大理石塔)이—

하루 저녁 폭풍(暴風)에 여지(餘地)없이도,

---

154) 유무(幽霧): 짙은 안개.
155) 종달이: '종다리'의 강원도 방언. 종다릿과의 새. 참새보다 좀 큰데, 등 쪽은 적갈색 바탕에 흑갈
색 반문이 있고, 배 쪽은 흼. 뒷발가락의 발톱이 썩 긺. 봄에 공중으로 높이 날아오르면서 고운
소리로 욺. 고천자(告天子). 종달새. 운작(雲雀).

오— 황폐(荒廢)156)의 쑥밭,

눈물과 목메임이여!

꿈은 깨어졌다

탑(塔)은 무너졌다.

(1933년 10월 27일, 1936년 7월 27일 개작)

---

156) 황폐(荒廢): ① 가꾸지 않고 버려두어 거칠고 못 쓰게 됨. ② 정신이나 생활 따위가 거칠어지고
메마름.

제3부 쉽게 씌어진 시(詩)

— 습유작품(拾遺作品)

팔복(八福) — 마태복음 5장 3~12

슬퍼하는 자는 복이 있나니
슬퍼하는 자는 복이 있나니
슬퍼하는 자는 복이 있나니
슬퍼하는 자는 복이 있나니
슬퍼하는 자는 복이 있나니
슬퍼하는 자는 복이 있나니
슬퍼하는 자는 복이 있나니
슬퍼하는 자는 복이 있나니

저희가 영원히 슬플 것이오.

(창작 연도 표시 없음)

간(肝)

바닷가 햇빛 바른 바위 우에
습한 간을 펴서 말리우자,

코카서스1) 산(山中)에서 도망해온 토끼처럼
둘러리 빙빙 돌며 간(肝)을 지키자,

내가 오래 기르던 여윈 독수리야!
와서 뜯어먹어라, 시름없이

너는 살찌고
나는 여위어야지, 그러나,

거북이야!
다시는 용궁(龍宮)2)의 유혹(誘惑)에 안 떨어진다.

프로메테우스3) 불쌍한 프로메테우스

---

1) 코카서스(Caucasus): 캅카스의 영어식 발음. 카프카스라고도 한다. 유럽의 동쪽, 아시아의 서북쪽
  을 구분하는 지리학적 지역이다.
2) 용궁(龍宮): 바다 속에 있다고 하는 용왕의 궁전. 수궁(水宮).

불 도적한 죄로 목에 맷돌을 달고

끝없이 침전(沈澱)4)하는 프로메테우스,

(1941년 11월 25일)

---

3) 프로메테우스(Prometheus): 그리스 신화에 나오는 티탄족의 영웅. 인간에게 불을 훔쳐다 주어 인
   간에게는 문화를 준 은인이 되었으나, 그로 인하여 제우스의 노여움을 사 코카서스의 바위에 묶여
   독수리에게 간을 쪼이는 고통을 받았다고 한다.
4) 침전(沈澱): ① 액체 속의 물질이 밑바닥에 가라앉음. 또는 그 물질. 침재(沈滓). ② 용액 속의 화학
   변화에 따라 생기는 반응 생성물. 또는 농축이나 냉각 따위로 용질의 일부가 고체로 용액 속에 나타
   나는 현상.

위로(慰勞)5)

거미란 놈이 흉한 심보로 병원(病院) 뒤뜰 난간과 꽃밭 사이 사람 발이 잘 닿지 않는 곳에 그물을 쳐놓았다. 옥외요양(屋外療養)을 받는 젊은 사나이가 누워서 쳐다보기 바르게—

나비가 한 마리 꽃밭에 날아들다 그물에 걸리었다. 노—란 날개를 파득거려도 파득거려도 나비는 자꾸 감기우기만 한다.

거미는 쏜살같이 가더니 끝없는 끝없는 실을 뽑아 나비의 온몸을 감아 버린다.

사나이는 긴 한숨을 쉬었다.

나(歲)6)보담 무수한 고생 끝에 때를 잃고 병(病)을 얻은 이 사나이를 위로(慰勞)할 말이—

거미줄을 헝클어버리는 것밖에 위로(慰勞)의 말이 없었다.

(1940년 12월 3일)

---

5) 「위로(慰勞)」는 창작 연도 표시가 되어 있는 작품과 되어 있지 않는 작품, 2편이 있다.
6) 나(歲): '나이'의 준말. 사람이나 생물이 세상에 나서 살아온 햇수. 연령.

산림(山林)

시계(時計)가 자근자근 가슴을 때려

불안한 마음을 산림(山林)이 부른다.

천년(千年) 오래인 연륜(年輪)에 짜들은 유적(幽寂)한7) 산림(山林)이,

고달픈 한 몸을 포옹(抱擁)할 인연(因緣)을 가졌나 보다.

산림(山林)의 검은 파동 우으로부터

어둠은 어린 가슴을 짓밟는다.

멀리 첫여름의 개고리8) 재질댐에

흘러간 마을의 과거(過去)가 아질타.

가지, 가지 사이로 반짝이는 별들만이

새날의 향연(饗宴)9)으로 나를 부른다.

발걸음을 멈추어

---

7) 유적하다(幽寂—): 쓸쓸하고 적막하다.
8) 개고리: '개구리'의 강원도 · 경기도 · 경상남도 · 전라도 · 함경도 방언.
9) 향연(饗宴): 특별히 잘 베풀어 손님을 대접하는 잔치.

하나, 둘, 어둠을 헤아려 본다

아득하다

문득 이파리 흔드는 저녁 바람에

쏴—무섬10)이 옮아 오고

(창작 연도 표시 없음)

---

10) 무섬: '무서움'의 준말.

황혼(黃昏)이 바다가 되어

하루도 검푸른 물결에
흐느적 잠기고…… 잠기고……

저— 웬 검은 고기떼가
물든 바다를 날아 횡단(橫斷)할고.

낙엽(落葉)이 된 해초(海草)11)
해초(海草)마다 슬프기도 하오.

서창(西窓)에 걸린 해말간 풍경화(風景畵).
옷고름 너어는12) 고아(孤兒)의 설움.

이제 첫 항해(航海)하는 마음을 먹고
방바닥에 나딩구오…… 딩구오……

황혼(黃昏)이 바다가 되어

---

11) 해초(海草): 바다에서 나는 식물을 통틀어 이르는 말.
12) 너어는: (쥐 따위가) 쏠거나 씹는다는 뜻의 방언.

오늘도 수(數)많은 배가

나와 함께 이 물결에 잠겼을게오.

(1937년 1월)

흰 그림자

황혼(黃昏)이 짙어지는 길모금에서
하루종일 시들은 귀를 가만히 기울이면
땅검13) 옮겨지는 발자취 소리,

발자취 소리를 들을 수 있도록
나는 총명했던가요.

이제 어리석게도 모든 것을 깨달은 다음
오래 마음 깊은 속에
괴로워하던 수많은 나를
하나, 둘 제 고장으로 돌려보내면
거리 모퉁이 어둠 속으로
소리 없이 사라지는 흰 그림자,

흰 그림자들
연연히 사랑하던 흰 그림자들,

---

13) 땅검: '땅거미'의 잘못.

내 모든 것을 돌려보낸 뒤

허전히 뒷골목을 돌아

황혼(黃昏)처럼 물드는 내 방으로 돌아오면

신념(信念)이 깊은 의젓한 양(羊)처럼

하루종일 시름없이 풀포기나 뜯자.

(4월 14일)

흐르는 거리

으스름히 안개가 흐른다. 거리가 흘러간다.

저 전차(電車), 자동차(自動車), 모든 바퀴가 어디로 홀리어 가는 것일까? 정박(碇泊)14)할 아무 항구(港口)도 없이, 가련한 많은 사람들을 싣고서, 안개 속에 잠긴 거리는,

거리 모퉁이 붉은 포스트 상자를 붙잡고 섰을라면 모든 것이 흐르는 속에 어렴풋이 빛나는 가로등(街路燈), 꺼지지 않는 것은 무슨 상징(象徵)일까? 사랑하는 동무 박(朴)이여! 그리고 김(金)이여! 자네들은 지금 어디 있는가? 끝없이 안개가 흐르는데,

「새로운 날 아츰 우리 다시 정(情)답게 손목을 잡아 보세」 몇 자(字) 적어 포스트 속에 떨어뜨리고, 밤을 새워 기다리면 금휘장(金徽章)에 금(金) 단추를 삐었고 거인(巨人)처럼 찬란히 나타나는 배달부(配達夫), 아츰과 함께 즐거운 내림(來臨)15),

이 밤을 하염없이 안개가 흐른다.   (5월 12일)

---

14) 정박(碇泊): 배가 닻을 내리고 머무름.
15) 내림(來臨): 찾아오심. 왕림(枉臨).

참회록(懺悔錄)

파란 녹이 낀 구리 거울 속에

내 얼굴이 남아 있는 것은

어느 왕조(王朝)16)의 유물(遺物)이기에

이다지도 욕될까

나는 나의 참회(懺悔)17)의 글을 한 줄에 줄이자

　ㅡ 만 이십사년 일 개월(滿二十四年日個月)을

　　　무슨 기쁨을 바라 살아왔던가

내일이나 모레나 그 어느 즐거운 날에

나는 또 한 줄의 참회록(懺悔錄)18)을 써야 한다.

　ㅡ그때 그 젊은 나이에

　　　왜 그런 부끄런 고백(告白)을 했던가

밤이면 밤마다 나의 거울을

---

16) 왕조(王朝): ① 같은 왕가에 속하는 통치자의 계열. 또는 그 왕가가 다스리는 시기. ② 왕정.
17) 참회(懺悔): ① 자기의 잘못을 깨닫고 깊이 뉘우침. ② 과거의 죄를 깨닫고 뉘우치며, 부처나 보살 앞에서 고백하고 용서를 빎. ③ 신이나 하나님 앞에서 죄를 회개하고 용서를 빎.
18) 참회록(懺悔錄): 지난날 저지른 잘못에 대해 깨닫고 깊이 뉘우치는 내용을 적은 기록. 참회의 고백 기록.

손바닥으로 발바닥으로 닦아보자.

그러면 어느 운석(隕石)¹⁹⁾ 밑으로 홀로 걸어가는
슬픈 사람의 뒷모양이
거울 속에 나타나온다.

(1월 24일)

---

19) 운석(隕石): 지구에 떨어진 별똥.

사랑스런 추억(追憶)

봄이 오던 아츰, 서울 어느 조그만 정거장(停車場)에서
희망(希望)과 사랑처럼 기차를 기다려,

나는 플랫폼20)에 간신한 그림자를 떨어트리고,
담배를 피웠다.

내 그림자는 담배 연기 그림자를 날리고
비둘기 한 떼가 부끄러울 것도 없이
나래 속을 속, 속, 햇빛에 비쳐, 날았다.

기차는 아무 새로운 소식도 없이
나를 멀리 실어다주어,

봄은 다 가고—동경(東京) 교외(郊外) 어느 조용한 하숙방(下宿房)에서,
옛 거리에 남은 나를 희망(希望)과 사랑처럼 그리워한다.
오늘도 기차는 몇 번이나 무의미(無意味)하게 지나가고,
오늘도 나는 누구를 기다려 정거장(停車場) 가차운21) 언덕에서

---

20) 플랫폼(platform): ① 역이나 정거장의 승강장. ② 역도에서, 바벨을 드는 곳.

서성거릴 게다.

―아아 젊음은 오래 거기 남아 있거라.

(5월 15일)

---

21) 가찹다: '가깝다'의 강원도 · 경상도 · 전라도 · 제주도 · 충청도 · 평안도 방언.

쉽게 씌어진 시(詩)

창(窓)밖에 밤비가 속살거려
육첩방(六疊房)22)은 남의 나라,

시인(詩人)이란 슬픈 천명(天命)23)인 줄 알면서도
한 줄 시를 적어볼까,

땀내와 사랑내 포근히 품긴
보내주신 학비봉투(學費封套)를 받아

대학(大學) 노一트를 끼고
늙은 교수(教授)의 강의(講義) 들으러 간다.

생각해 보면 어린 때 동무를
하나, 둘, 죄다 잃어버리고

나는 무얼 바라

---

22) 육첩방(六疊房): 다다미 여섯 장이 깔려 있는 3평 넓이의 방.
23) 천명(天命): ① 타고난 수명. 천수(天數). 천수(天壽). ② 하늘의 명령.

나는 다만, 홀로 침전(沈澱)하는 것일까?

인생(人生)은 살기 어렵다는데
시(詩)가 이렇게 쉽게 씌어지는 것은
부끄러운 일이다.

육첩방(六疊房)은 남의 나라
창(窓)밖에 밤비가 속살거리는데,

등불을 밝혀 어둠을 조금 내몰고,
시대(時代)처럼 올 아침을 기다리는 최후(最後)의 나,

나는 나에게 작은 손을 내밀어
눈물과 위안(慰安)으로 잡는 최초(最初)의 악수(握手).

(1942년 6월 3일)

봄

봄이 혈관(血管) 속에 시내처럼 흘러

돌, 돌, 시내 가까운 언덕에

개나리, 진달래, 노오란 배추꽃

삼동(三冬)24)을 참아온 나는

풀포기처럼 피어난다.

즐거운 종달새야

어느 이랑에서나 즐거웁게 솟쳐라.

푸르른 하늘은

아른, 아른, 높기도 한데……

(창작 연도 표시 없음)

---

24) 삼동(三冬): ① 겨울의 석 달. 동삼(冬三). ② 세 해의 겨울. 3년.

제4부 산문

달을 쏘다

번거롭던 사위(四圍)가 잠잠해지고 시계 소리가 또렷하나 보니 밤은 저으기 깊을 대로 깊은 모양이다. 보던 책자(冊子)를 책상머리에 밀어 놓고 잠자리를 수습한 다음 잠옷을 걸치는 것이다. 「딱」스위치 소리와 함께 전등(電燈)을 끄고 창(窓)녘의 침대에 드러누우니 이때까지 밝은 휘양찬 달밤이었던 것을 감각(感覺)치 못하였었다. 이것도 밝은 전등(電燈)의 혜택(惠澤)이었을까.

나의 누추(陋醜)한 방(房)이 달빛에 잠겨 아름다운 그림이 된다는 것보담도 오히려 슬픈 선창(船艙)[1]이 되는 것이다. 창살이 이마로부터 콧마루, 입술, 이렇게 하얀 가슴에 여맨 손등에까지 어른거려 나의 마음을 간지르는 것이다. 옆에 누운 분의 숨소리에 방(房)은 무시무시해진다. 아이처럼 황황해지는 가슴에 눈을 치떠서 밖을 내다보니 가을 하늘은 역시 맑고 우거진 송림(松林)은 한 폭의 묵화(墨畫)다. 달빛은 솔가지에 솔가지에 쏟아져 바람인 양 쇠—소리가 날 듯하다. 들리는 것은 시계(時計) 소리와 숨소리와 귀또리 울음뿐 벅쩍고던 기숙사(寄宿舍)도 절간보다 더한층 고요한 것이 아니냐?

나는 깊은 사념(思念)에 잠기우기 한창이다. 딴은 사랑스런 아가씨를 사유(私有)할 수 있는 아름다운 상화(想華)[2]도 좋고, 어린 적 미련(未練)을

---

1) 선창(船艙): ① 물가에 다리처럼 만들어 배가 닿을 수 있게 된 곳. ② 배다리.
2) 상화(想華): 수필(隨筆).

두고 온 고향(故鄉)에의 향수(鄉愁)도 좋거니와 그보다 손쉽게 표현(表現) 못할 심각(深刻)한 그 무엇이 있다.

바다를 건너온 H군(君)의 편지 사연을 곰곰 생각할수록 사람과 사람 사이의 감정(感情)이란 미묘(微妙)한 것이다. 감상적(感傷的)인 그에게도 필연(必然)코 가을은 왔나 보다.

편지는 너무나 지나치지 않았던가. 그 중(中) 한 토막,

「군(君)아, 나는 지금 울며울며 이 글을 쓴다. 이 밤도 달이 뜨고, 바람이 불고, 인간(人間)인 까닭에 가을이란 흙냄새도 안다. 정(情)의 눈물, 따뜻한 예술학도(藝術學徒)였던 정(情)의 눈물도 이 밤이 마지막이다.」

또 마지막 컷으로 이런 구절(句節)이 있다.

「당신은 나를 영원(永遠)히 쫓아버리는 것이 정직(正直)할 것이오.」

나는 이 글의 뉘앙스를 해득(解得)할 수 있다. 그러나 사실(事實) 나는 그에게 아픈 소리 한마디 한 일이 없고 서러운 글 한 쪽 보낸 일이 없지 아니한가. 생각컨대 이 죄(罪)는 다만 가을에게 지워 보낼 수밖에 없다.

홍안서생(紅顔書生)으로 이런 단안(斷案)[3]을 내리는 것은 외람한 일이나 동무란 한낱 괴로운 존재(存在)요 우정(友情)이란 진정코 위태로운 잔에 떠놓은 물이다. 이 말을 반대(反對)할 자(者) 누구랴. 그러나 지기(知己) 하나 얻기 힘든다 하거늘 알뜰한 동무 하나 잃어버린다는 것이 살을 베어내는 아픔이다.

---

3) 단안(斷案): 어떤 생각을 딱 잘라 결정함. 또는 그 생각.

나는 나를 정원(庭園)에서 발견(發見)하고 창(窓)을 넘어 나왔다든가 방문(房門)을 열고 나왔다든가 왜 나왔느냐 하는 어리석은 생각에 두뇌(頭腦)를 괴롭게 할 필요(必要)는 없는 것이다. 다만 귀뚜라미 울음에도 수줍어지는 코스모스 앞에 그윽히 서서 닥터 빌링스의 동상(銅像) 그림자처럼 슬퍼지면 그만이다. 나는 이 마음을 아무에게나 전가(轉嫁)[4]시킬 심보는 없다. 옷깃은 민감(敏感)이어서 달빛에도 싸늘히 추워지고 가을 이슬이란 선득선득하여서 설흔 사나이의 눈물인 것이다.

발걸음은 몸뚱이를 옮겨 못가에 세워줄 때 못 속에도 역시 가을이 있고, 삼경(三更)이 있고, 나무가 있고 달이 있다.

그 찰나(刹那)[5] 가을이 원망(怨望)스럽고 달이 미워진다. 더듬어 돌을 찾아 달을 향(向)하여 죽어라고 팔매질을 하였다. 통쾌(痛快)! 달은 산산(散散)이 부서지고 말았다. 그러나 놀랐던 물결이 잦아들 때 오래잖아 달은 도로 살아난 것이 아니냐, 문득 하늘을 쳐다보니 얄미운 달은 머리 위에서 빈정대는 것을……

나는 곳곳한 나뭇가지를 고나 띠를 째서 줄을 매어 훌륭한 활을 만들었다. 그리고 좀 탄탄한 갈대로 화살을 삼아 무사(武士)의 마음을 먹고 달을 쏘다.

(1939년 1월 23일 「조선일보」 학생란 발표)

---

4) 전가(轉嫁): 죄과·책임 등을 남에게 넘겨씌움.
5) 찰나(刹那): ① 지극히 짧은 시간. ② 어떤 일이나 상태가 이루어지는 바로 그때. 순간.

별똥 떨어진 데

밤이다.

하늘은 푸르다 못해 농회색(濃灰色)6)으로 캄캄하나 별들만은 또렷또렷
빛난다. 침침한 어둠뿐만 아니라 오삭오삭 춥다. 이 육중한 기류(氣流) 가
운데 자조(自嘲)7)하는 한 젊은이가 있다. 그를 나라고 불러두자.

나는 이 어둠에서 배태(胚胎)8)되고 이 어둠에서 생장(生長)하여서 아직
도 이 어둠 속에 그대로 생존(生存)하나보다. 이제 내가 갈 곳이 어딘지
몰라 허우적거리는 것이다. 하기는 나는 세기(世紀)의 초점(焦點)인 듯 초
췌(憔悴)하다9). 얼핏 생각하기에는 내 바닥을 받듯이 받들어 주는 것도
없고 그렇다고 내 머리를 갑박이 나려누르는 아무것도 없는 듯하다마는
내막(內幕)은 그렇지도 않다. 나는 도무지 자유(自由)스럽지 못하다. 다만
나는 없는 듯 있는 하루살이처럼 허공(虛空)에 부유(浮遊)10)하는 한 점(點)
에 지나지 않는다. 이것이 하루살이처럼 경쾌(輕快)하다면 마침 다행(多幸)
할 것인데 그렇지를 못하구나!

이 점(點)의 대칭위치(對稱位置)에 또 하나 다른 밝음(明)의 초점(焦點)이
도사리고 있는 듯 생각킨다. 덥석 움키었으면 잡힐 듯도 하다.

---

6) 농회색(濃灰色): 짙은 잿빛.
7) 자조(自嘲): 자기를 스스로 비웃는 일.
8) 배태(胚胎): ① 아이나 새끼를 뱀. ② 어떤 일이 일어날 원인을 속에 지님.
9) 초췌하다(憔悴-): 고생이나 병 따위로 몸이 여위고 파리하다.
10) 부유(浮遊): ① 공중이나 수면에 떠다님. ② 행선지를 정하지 아니하고 이리저리 떠돌아다님.

만은 그것을 휘잡기에는 나 자신(自身)이 둔질(鈍質)11)이라는 것보다 오히려 내 마음에 아무런 준비(準備)도 배포(排布)12)치 못한 것이 아니냐. 그리고 보니 행복(幸福)이란 별스런 손님을 불러들이기에도 또 다른 한 가닥 구실을 치르지 않으면 안 될까보다.

이 밤이 나에게 있어 어린 적처럼 한낱 공포(恐怖)의 장막인 것은 벌써 흘러간 전설(傳說)이오. 따라서 이 밤이 향락(享樂)의 도가니라는 이야기도 나의 염두(念頭)에선 아직 소화(消火)시키지 못할 돌덩이다. 오로지 밤은 나의 도전(挑戰)의 호적(好賊)13)이면 그만이다.

이것이 생생한 관념세계(觀念世界)에만 머무른다면 애석한 일이다. 어둠 속에 깜박깜박 조을며 다닥다닥 나란히 한 초가(草家)들이 아름다운 시(詩)의 화사(華詞)14)가 될 수 있다는 것은 벌써 지나간 제너레이션의 이야기요, 오늘에 있어서는 다만 말 못하는 비극(悲劇)의 배경(背景)이다.

이제 닭이 홰를 치면서 맵짠 울음을 뽑아 밤을 쫓고 어둠을 짓내몰아 동켠으로 훤히 새벽이란 새로운 손님을 불러온다 하자. 하나 경망(輕妄)스럽게 그리 반가워할 것은 없다. 보아라, 가령(假令) 새벽이 왔다 하더라도 이 마을은 그대로 암담(暗澹)하고 나도 그대로 암담(暗澹)하고 하여서

---

11) 둔질(鈍質): 둔한 성질이나 기질.
12) 배포(排布·排鋪): 머리를 써서 일을 조리 있게 계획함. 또는 그런 속마음. ② 배치(排置).
13) 호적(好賊): 실력이 비슷해 상대가 될 만한 좋은 적.
14) 화사(華詞): 표현을 아름답게 수식한 말이나 문장.

너나 나나 이 가랑지길15)에서 주저(躊躇) 주저(躊躇) 아니치 못할 존재(存在)들이 아니냐.

나무가 있다.

그는 나의 오랜 이웃이요 벗이다. 그렇다고 그와 내가 성격(性格)이나 환경(環境)이나 생활(生活)이 공통(共通)한 데 있어서가 아니다. 말하자면 극단(極端)과 극단(極端) 사이에도 애정(愛情)이 관통(貫通)할 수 있다는 기적적(奇蹟的)인 교분(交分)의 표본(標本)에 지나지 못할 것이다.

나는 처음 그를 퍽 불행(不幸)한 존재(存在)로 가소롭게 여겼다. 그의 앞에 설 때 슬퍼지고 측은(惻隱)한 마음이 앞을 가리곤 하였다. 만은 돌이켜 생각컨대 나무처럼 행복(幸福)한 생물(生物)은 다시 없을 듯하다. 굳음에는 이루 비길 데 없는 바위에도 그리 탐탁치는 못할망정 자양분이 있다 하거늘 어디로 간들 생(生)의 뿌리를 박지 못하며 어디로 간들 생활(生活)의 불평(不平)이 있을소냐, 칙칙하면 솔솔 솔바람이 불어오고, 심심하면 새가 와서 노래를 부르다 가고, 촐촐하면 한줄기 비가 오고, 밤이면 수(數)많은 별들과 오손도손 이야기할 수 있고 —보다 나무는 행동(行動)의 방향(方向)이란 거추장스런 과제(課題)에 봉착(逢着)하지 않고 인위적(人爲的)으로든 우연(偶然)으로서든 탄생(誕生)시켜준 자리를 지켜 무진무궁(無盡無窮)16)한 영양소(營養素)를 흡취(吸取)하고17)영롱(玲瓏)한 햇빛을 받아들여 손쉽게 생

---

15) 가랑지길: 갈림길. 가랑이의 뜻이 두 갈래로 벌어진 부분이므로 '갈림길' 북한 방언인 '갈래길'을 말한 듯하다는 견해가 있다.
16) 무진무궁(無盡無窮): 한이 없고 끝이 없음. 무궁무진(無窮無盡).

활(生活)을 영위(營爲)하고 오로지 하늘만 바라고 뻗어질 수 있는 것이 무엇보다 행복(幸福)스럽지 않으냐.

이 밤도 과제(課題)를 풀지 못하여 안타까운 나의 마음에 나무의 마음이 점점(點點) 옮아오는 듯하고, 행동(行動)할 수 있는 자랑을 자랑치 못함에 뼈저리는 듯하나 나의 젊은 선배(先輩)의 웅변(雄辯)이 왈(曰) 선배(先輩)도 믿지 못할 것이라니 그러면 영리(怜悧)한 나무에게 나의 방향(方向)을 물어야 할 것인가.

어디로 가야 하느냐 동(東)이 어디냐 서(西)가 어디냐 남(南)이 어디냐 북(北)이 어디냐 아차! 저 별이 번쩍 흐른다. 별똥 떨어진 데가 내가 갈 곳인가 보다. 하면 별똥아! 꼭 떨어져야 할 곳에 떨어져야 한다.

— 『산문집』

---

17) 흡취하다(吸取-): ① 빨아들이다 ② 받아들이다 ③ 흡수하다 ④ 섭취하다.

화원(花園)에 꽃이 핀다

개나리, 진달래, 앉은뱅이, 라일락, 문들레, 찔레, 복사, 들장미, 해당화, 모란, 릴리, 창포, 튜울립, 카네이션, 봉선화, 백일홍, 채송화, 다알리아, 해바라기, 코스모스—코스모스가 홀홀히 떨어지는 날 우주(宇宙)의 마지막은 아닙니다. 여기에 푸른 하늘이 높아지고 빨간 노란 단풍이 꽃에 못지않게 가지마다 물들었다가 귀또리 울음이 끊어짐과 함께 단풍의 세계가 무너지고, 그 우에 하룻밤 사이에 소복이 흰 눈이 나려 쌓이고 화로(火爐)에는 빨간 숯불이 피어오르고 많은 이야기와 많은 일이 이 화롯가에서 이루어집니다.

독자제현(讀者諸賢)! 여러분은 이 글이 씌어지는 때를 독특(獨特)한 계절(季節)로 짐작해서는 아니 됩니다. 아니, 봄, 여름, 가을, 겨울, 어느 철로나 상정(想定)하셔도 무방(無妨)합니다. 사실 일년(一年) 내내 봄일 수는 없습니다. 하나 이 화원(花園)에는 사철내 봄이 청춘(靑春)들과 함께 싱싱하게 등대하여 있다고 하면 과분(過分)한 자기선전(自己宣傳)일까요. 하나의 꽃밭이 이루어지도록 손쉽게 되는 것이 아니라 고생과 노력(勞力)이 있어야 하는 것입니다. 딴은 얼마의 단어(單語)를 모아 이 졸문(拙文)을 지적거리는데도 내 머리는 그렇게 명석(明晳)한 것은 못 됩니다. 한해 동안을 내 두뇌(頭腦)로써가 아니라 몸으로써 일일이 헤아려 겨우 몇 줄의 글이 이루어집니다. 그리하여 나에게 있어 글을 쓴다는 것이 그리 즐거운 일일 수는 없습니다. 봄바람의 고민(苦悶)에 짜들고 녹음(綠陰)의 권태(倦怠)에 시들고,

가을 하늘 감상(感傷)에 울고, 노변(爐邊)18)의 사색(思索)에 졸다가 이 몇 줄의 글과 나의 화원(花園)과 함께 나의 일년(一年)은 이루어집니다.

시간을 먹는다는[이 말의 의의(意義)와 이 말의 묘미(妙味)는 칠판 앞에서 보신 분과 칠판 밑에 앉아 보신 분은 누구나 아실 것입니다] 것은 확실(確實)히 즐거운 일임에 틀림없습니다. 하루를 휴강(休講)한다는 것보다[하긴 슬그머니 까먹어버리면 그만이지만] 다 못한 시간, 예습(豫習), 숙제(宿題)를 못해 왔다든가 따분하고 졸리고 한 때, 한 시간의 휴강(休講)은 진실로 살로 가는 것이어서, 만일(萬一) 교수(敎授)가 불편(不便)하여서 못 나오셨다고 하더라도 미처 우리들의 예의(禮儀)를 갖출 사이가 없는 것입니다. 그러나 이것을 우리들의 망발과 시간(時間)의 낭비(浪費)라고 속단(速斷)19)하셔선 아니 됩니다. 여기에 화원(花園)이 있습니다. 한 포기 푸른 풀과 한 떨기의 붉은 꽃과 함께 웃음이 있습니다. 노―트장을 적시는 것보다 한우충동(汗牛充棟)20)에 묻혀 글줄과 씨름하는 것보다 더 명확(明確)한 진리(眞理)를 탐구(探求)할 수 있을는지, 보다 더 많은 지식(知識)을 획득(獲得)할 수 있을는지, 보다 더 효과적(效果的)인 성과(成果)가 있을지를 누가 부인(否認)하겠습니까.

---

18) 노변(爐邊): 화롯가. 난롯가.
19) 속단(速斷): 신중을 기하지 않고 서둘러 판단함.
20) 한우충동(汗牛充棟): 수레에 실어 운반하면 소가 땀을 흘릴 정도이고 방 안에 쌓아 올리면 들보에 닿을 정도의 양이라는 뜻으로, 장서(藏書)가 매우 많음을 비유하는 고사성어다. 이 고사(故事)는 당(唐)나라의 문장가이자 시인인 유종원(柳宗元, 773년~819년)이 육문통(陸文通)을 위해 쓴 비문인 '육문통선생묘표(陸文通先生墓表)에 나온다.

나는 이 귀(貴)한 시간(時間)을 슬그머니 동무들을 떠나서 단 혼자 화원(花園)을 거닐 수 있습니다. 단 혼자 꽃들과 풀들과 이야기할 수 있다는 것이 얼마나 다행(多幸)한 일이겠습니까. 참말 나는 온정(溫情)으로 이들을 대할 수 있고 그들은 나를 웃음으로 맞아줍니다. 그 웃음을 눈물로 대(對)한다는 것은 나의 감상(感傷)일까요. 고독(孤獨), 정적(靜寂)도 확실(確實)히 아름다운 것임에 틀림이 없으나, 여기에 또 서로 마음을 주는 동무가 있는 것도 다행(多幸)한 일이 아닐 수 없습니다. 우리 화원(花園) 속에 모인 동무들 중에, 집에 학비(學費)를 청구(請求)하는 편지를 쓰는 날 저녁이면 생각하고 생각하던 끝 겨우 몇 줄 써 보낸다는 A군(君), 기뻐해야 할 서류(書留)[통칭(通稱) 월급봉투(月給封套)]를 받아든 손이 떨린다는 B군(君), 사랑을 위(爲)하여서는 밥맛을 잃고 잠을 잊어버린다는 C군(君), 사상적(思想的) 당착(撞着)21)에 자살(自殺)을 기약(期約)한다는 D군(君)…… 나는 이 여러 동무들의 갸륵한 심정(心情)을 내 것인 것처럼 이해(理解)할 수 있습니다. 서로 너그러운 마음으로 대(對)할 수 있습니다.

나는 세계관(世界觀), 인생관(人生觀), 이런 좀 더 큰 문제(問題)보다 바람과 구름과 햇빛과 나무와 우정, 이런 것들에 더 많이 괴로워해왔는지도 모르겠습니다. 단지 이 말이 나의 역설(逆說)22)이나 나 자신을 흐리우는 데 지날 뿐일까요.

---

21) 당착(撞着): ① 말이나 행동 따위의 앞뒤가 서로 맞지 않음. ② 서로 맞부딪침.
22) 역설(逆說): ① 어떤 주의나 주장에 반대되는 이론. ② 겉으로는 모순되고 불합리하여 진리에 반대하고 있는 듯하나, 실질적인 내용은 진리인 말.

일반(一般)은 현대(現代) 학생(學生) 도덕(道德)이 부패(腐敗)했다고 말합니다. 스승을 섬길 줄을 모른다고들 합니다. 옳은 말씀들입니다. 부끄러울 따름입니다. 하나 이 결함을 괴로워하는 우리들 어깨에 지워 광야(曠野)23)로 내쫓아버려야 하나요, 우리들의 아픈 데를 알아주는 스승, 우리들의 생채기를 어루만져주는 따뜻한 세계(世界)가 있다면 박탈(剝奪)된 도덕(道德)일지언정 기울여 스승을 진심(眞心)으로 존경(尊敬)하겠습니다. 온정(溫情)의 거리에서 원수를 만나면 손목을 붙잡고 목 놓아 울겠습니다.

세상(世上)은 해를 거듭 포성(砲聲)24)에 떠들썩하건만 극히 조용한 가운데 우리들 동산에서 서로 융합(融合)할 수 있고 이해할 수 있고 종전(從前)의 □□25)가 있는 것은 시세(時勢)26)의 역효과(逆效果)일까요.

봄이 가고, 여름이 가고, 가을, 코스모스가 홀홀히 떨어지는 날 우주(宇宙)의 마지막은 아닙니다. 단풍의 세계(世界)가 있고 ─이상이견빙지(履霜而堅氷至)27)─서리를 밟거든 얼음이 굳어질 것을 각오하라가 아니라, 우리는 서릿발에 끼친 낙엽(落葉)을 밟으면서 멀리 봄이 올 것을 믿습니다.

노변(域邊)에서 많은 일이 이뤄질 것입니다.

─『산문집』

---

23) 광야(曠野 · 廣野): ① 아득하게 너른 벌판. ② 황야(荒野).
24) 포성(砲聲): 대포를 쏠 때 나는 소리. 풋소리. 포음(砲音).
25) □□: 원고지 두 칸을 비운 상태임.
26) 시세(時勢): 그 당시의 형세나 형편.
27) 이상이견빙지(履霜而堅氷至): 서리를 밟을 때가 되면 얼음이 얼 때가 곧 닥친다'는 뜻으로 『주역(周易)』의 곤괘(坤卦)에 나오는 구절이다.

종시(終始)

종점(終點)이 시점(始點)28)이 된다. 다시 시점(始點)이 종점(終點)이 된다. 아츰 저녁으로 이 자국을 밟게 되는데 이 자국을 밟게 된 연유(緣由)가 있다. 일찍이 서산대사(西山大師)가 살았을 듯한 우거진 송림(松林) 속, 게다가 덩그러시 살림집은 외따로 한 채뿐이었으나 식구(食口)로는 꽝장한 것이어서 한 지붕 밑에서 팔도(八道) 사투리를 죄다 들을 만큼 모아놓은 미끈한 장정(壯丁)들만이 욱실욱실하였다. 이 곳에 법령(法令)은 없었으나 여인(女人) 금납구(禁納區)였다. 만일(萬一) 강심장(强心臟)의 여인(女人)이 있어 불의(不意)의 침입(侵入)이 있다면 우리들의 호기심(好奇心)을 저윽이 자아내었고 방(房)마다 새로운 화제(話題)가 생기곤 하였다. 이렇듯 수도생활(修道生活)에 나는 소라 속처럼 안도(安堵)하였던 것이다.

사건(事件)이란 언제나 큰 데서 동기(動機)가 되는 것보다 오히려 작은 데서 더 많이 발작(發作)하는 것이다.

눈 온 날이었다. 동숙(同宿)29)하는 친구의 친구가 한 시간(時間) 남짓한 문(問)안 들어가는 차시간(車時間)까지를 낭비(浪費)하기 위(爲)하여 나의 친구를 찾아 들어와서 하는 대화(對話)였다.

「자네 여보게 이 집 귀신이 되려나?」

---

28) 시점(始點): 일련의 동작이나 운동이 시작되는 점.
29) 동숙(同宿): ① 한방에서 함께 잠. ② 같은 여관이나 하숙에서 묵음.

「조용한 게 공부하기 작히나 좋잖은가」

「그래 책장이나 뒤적뒤적하면 공분 줄 아나? 전차(電車)간에서 내다볼 수 있는 광경(光景), 정거장(停車場)에서 맛볼 수 있는 광경(光景), 다시 기차 속에서 대(對)할 수 있는 모든 일들이 생활(生活) 아닌 것이 없거든 생활(生活) 때문에 싸우는 이 분위기(雰圍氣)에 잠겨서, 보고, 생각하고, 분석(分析)하고 이거야말로 진정(眞正)한 의미(意味)의 교육이 아니겠는가. 여보게! 자네 책장만 뒤지고 인생(人生)이 어드렇니 사회(社會)가 어드렇니 하는 것은 16세기(十六世紀)에서나 찾아볼 일일세, 단연(斷然) 문(門)안으로 나오도록 마음을 돌리게.」

나한테 하는 권고(勸告)는 아니었으나 이 말에 귀틈 뚫려 상푸둥 그러리라고 생각하였다. 비단(非但) 여기만이 아니라 인간(人間)을 떠나서 도(道)를 닦는다는 것이 한낱 오락(娛樂)이요, 오락(娛樂)이매 생활(生活)이 될 수 없고 생활(生活)이 없으매 이 또한 죽은 공부가 아니랴 하여 공부도 생활화(生活化)하여야 되리라 생각하고 불일내30)에 문(門)안으로 들어가기를 내심(內心)으로 단정(斷定)해버렸다. 그 뒤 매일(每日)같이 이 자국을 밟게 된 것이다.

나만 일찍이 아츰 거리의 새로운 감촉(感觸)을 맛볼 줄만 알았더니 벌써 많은 사람들의 발자국에 포도(鋪道)31)는 어수선할 대로 어수선했고 정

---

30) 불일내(不日內): (주로 '불일내로 · 불일내에'의 꼴로 쓰여) 며칠 걸리지 않는 동안. 불일간.
31) 포도(鋪道): 포장한 길.

류장(停留場)에 머물 때마다 이 많은 무리를 죄다 어디 갖다 터뜨릴 심산(心算)32)인지 꾸역꾸역 자꾸 박아 싣는데 늙은이, 젊은이, 아이 할 것 없이 손에 꾸러미를 안 든 사람은 없다. 이것이 그들 생활(生活)의 꾸러미요, 동시(同時)에 권태(倦怠)의 꾸러민지도 모르겠다.

이 꾸러미를 든 사람들의 얼굴을 하나하나씩 뜯어보기로 한다. 늙은이 얼굴이란 너무 오래 세파(世波)에 짜들어서 문제(問題)도 안 되겠거니와 그 젊은이들 낯짝이란 도무지 말씀이 아니다. 열이면 열이 다 우수(憂愁) 그것이요, 백(百)이면 백(百)이 다 비참(悲慘) 그것이다. 이들에게 웃음이란 가물에 콩싹이다. 필경(必境) 귀여우리라는 아이들의 얼굴을 보는 수밖에 없는데 아이들의 얼굴이란 너무나 창백(蒼白)하다. 혹(或)시 숙제(宿題)를 못해서 선생(先生)한테 꾸지람 들을 것이 걱정인지 풀이 죽어 쭈그러뜨린 것이 활기(活氣)란 도무지 찾아볼 수 없다. 내 상도 필연(必然)코 그 꼴일 텐데 내 눈으로 그 꼴을 보지 못하는 것이 다행(多幸)이다. 만일(萬—) 다른 사람의 얼굴을 보듯 그렇게 자주 내 얼굴을 대(對)한다고 할 것 같으면 벌써 요사(夭死)33)하였을는지도 모른다.

나는 내 눈을 의심(疑心)하기로 하고 단념(斷念)하자!

차라리 성벽(城壁) 우에 펼친 하늘을 쳐다보는 편이 더 통쾌(痛快)하다. 눈은 하늘과 성벽(城壁) 경계선(境界線)을 따라 자꾸 달리는 것인데 이 성

---

32) 심산(心算): 속셈.
33) 요사(夭死): 젊은 나이에 죽음. 요함(夭陷). 요절(夭折).

벽이란 현대로서 캄플라지한 옛 금성(禁城)34)이다. 이 안에서 어떤 일이 이루어졌으며 어떤 일이 행(行)하여지고 있는지 성(城) 밖에서 살아왔고 살고 있는 우리들에게는 알 바가 없다. 이제 다만 한 가닥 희망(希望)은 이 성벽(城壁)이 끊어지는 곳이다.

기대(期待)는 언제나 크게 가질 것이 못 되어서 성벽(城壁)이 끊어지는 곳에 총독부(總督府)35), 도청(道廳), 무슨 참고관(參考館), 체신국(遞信局), 신문사(新聞社), 소방조(消防組), 무슨 주식회사(株式會社), 부청(府廳)36), 양복점(洋服店), 고물상(古物商) 등(等) 나란히 하고 연달아 오다가 아이스케이크 간판(看板)에 눈이 잠깐 머무는데, 이놈을 눈 나린 겨울에 빈 집을 지키는 꼴이라든가 제 신분(身分)에 맞지 않는 가게를 지키는 꼴을 살짝 필름에 올리어 본달 것 같으면 한 폭(幅)의 고등(高等) 풍자만화(諷刺漫畫)가 될 터인데 하고 나는 눈을 감고 생각하기로 한다. 사실(事實) 요즈음 아이스케이크 간판(看板) 신세(身世)를 면(免)치 아니치 못할 자(者) 얼마나 되랴. 아이스케이크 간판(看板)은 정열(情熱)에 불타는 염서(炎暑)37)가 진정(眞正)코 아수롭다.

눈을 감고 한참 생각하노라면 한 가지 거리끼는 것이 있는데 이것은 도덕률(道德律)38)이란 거추장스러운 의무감(義務感)이다. 젊은 녀석이 눈을

---

34) 금성(禁城): 왕이 거처하는 성. 궁성(宮城).
35) 총독부(總督府): 식민지를 다스리기 위해 설치하는 최고 행정 기관.
36) 부청(府廳): 부(府)의 사무를 담당하고 있는 곳.
37) 염서(炎暑): 매우 심한 더위. 염열(炎熱).
38) 도덕률(道德律): 도덕적 행위의 규준(規準)이 되는 법칙. 도덕법.

딱 감고 버티고 앉아 있다고 손가락질하는 것 같아서 번쩍 눈을 떠본다. 하나 가차이[39] 자선(慈善)할 대상(對象)이 없음에 자리를 잃지 않겠다는 심정(心情)보다 오히려 아니꼽게 본 사람이 없으리란 데 안심(安心)이 된다.

이것은 과단성(果斷性)[40] 있는 동무의 주장(主張)이지만 전차(電車)에서 만난 사람은 원수요, 기차에서 만난 사람은 지기(知己)[41]라는 것이다. 딴은 그러리라고 얼마큼 수긍(首肯)하였었다. 한자리에서 몸을 비비적거리면서도 「오늘은 좋은 날씨올시다」, 「어디서 내리시나요」쯤의 인사는 주고받을 법한데 일언반구(一言半句)[42] 없이 뚱―한 꼴들이 작히나 큰 원수를 맺고 지내는 사이들 같다. 만일 상냥한 사람이 있어 요만큼의 예의(禮儀)를 밟는다고 할 것 같으면 전차(電車) 속의 사람들은 이를 정신이상자(情神異狀者)로 대접할 게다. 그러나 기차에서는 그렇지 않다. 명함(名銜)을 서로 바꾸고 고향(故鄕) 이야기, 행방(行方) 이야기를 거리낌 없이 주고받고 심지어 남의 여로(旅勞)[43]를 자기의 여로(旅勞)인 것처럼 걱정하고, 이 얼마나 다정(多情)한 인생행로(人生行路)냐? 이러는 사이에 남대문(南大門)을 지나쳤다. 누가 있어 「자네 매일(每日)같이 남대문(南大門)을 두번씩 지날 터인데 그래 늘 보곤 하는가」라는 어리석은 듯한 멘탈테스트를 낸다면

---

39) 가차이: '가까이'의 강원도·경상남도·제주도 방언. 제주 지역에서는 'ᄀᆞ차이'로도 적는다.
40) 과단성(果斷性): 일을 딱 잘라서 결정하는 성질.
41) 지기(知己): '지기지우(知己之友)'의 준말. 서로 마음이 잘 통하는 친구.
42) 일언반구(一言半句): 한 마디의 말과 한 구절의 반. 아주 짧은 말. 일언반사(一言半辭).
43) 여로(旅勞): 여행의 피로.

나는 아연(啞然)해지지 않을 수 없다. 가만히 기억(記憶)을 더듬어 본달 것 같으면 늘이 아니라 이 자국을 밟은 이래(以來) 그 모습을 한 번이라도 쳐다본 적이 있었던 것 같지 않다. 하기는 나의 생활(生活)에 긴(緊)한 일이 아니매 당연(當然)한 일일 게다. 하나 여기에 하나의 교훈(敎訓)이 있다. 회수(回數)가 너무 잦으면 모든 것이 피상적(皮相的)이 되어버리나니라.

이것과는 관련(關聯)이 먼 이야기 같으나 무료(無聊)44)한 시간(時間)을 까기 위(爲)하여 한마디 하면서 지나가자.

시골서는 제노라고 하는 양반이었던 모양인데 처음 서울 구경을 하고 돌아가서 며칠 동안 배운 서울 말씨를 섣불리 써 가며 서울 거리를 손으로 형용하고 말로써 떠벌려 옮겨 놓더란데, 정거장(停車場)에 턱 내리니 앞에 고색(古色)45)이 창연(蒼然)한46) 남대문(南大門)이 반기는 듯 가로막혀 있고, 총독부(總督府)47) 집이 크고, 창경원(昌慶苑)48)에 백(百) 가지 금수(禽獸)49)가 봄직했고, 덕수궁(德壽宮)의 옛 궁전(宮殿)이 회포(懷抱)를 자아냈고, 화신(和信) 승강기(昇降機)는 머리가 횡―했고, 본정(本町)50)엔 전등(電燈)이 낮처럼 밝은데 사람이 물밀리듯 밀리고 전차(電車)란 놈이 윙윙 소

---

44) 무료(無聊): 지루하고 심심함.
45) 고색(古色): ① 낡은 빛깔. ② 예스러운 풍치나 모양.
46) 창연하다(蒼然一): 오래되어 예스러운 빛이 그윽하다.
47) 총독부(總督府): 식민지를 다스리기 위해 설치하는 최고 행정 기관.
48) 창경원(昌慶苑): 1909~1983년 지금의 창경궁 자리에 있었던 동·식물원. 일제에 의해 1909년 조선시대의 궁궐 중의 하나인 창경궁에 설치되었다.
49) 금수(禽獸): 날짐승과 길짐승. 곧, 모든 짐승.
50) 본정(本町): 지금의 서울특별시 중구 충무로.

리를 지르며 지르며 연달아 달리고—서울이 자기(自己) 하나를 위(爲)하여 이루어진 것처럼 우쭐했는데 이것쯤은 있을 듯한 일이다. 한대 게도 방정꾸러기51)가 있어

「남대문(南大門)이란 현판(懸板)52)이 참 명필(名筆)이지요」

하고 물으니 대답(對答)이 걸작(傑作)이다.

「암 명필(名筆)이구말구, 남자(南字) 대자(大字) 문자(門字) 하나하나 살아서 막 꿈틀거리는 것 같데.」

어느 모로나 서울 자랑하려는 이 양반으로서는 가당(可當)한53) 대답(對答)일 게다. 이분에게 아현(阿峴) 고개 막바지에, —아니 치벽한 데 말고, —가차이 종로(鐘路) 뒷골목에 무엇이 있던가를 물었다면 얼마나 당황(唐慌)해 했으랴.

나는 종점(終點)을 시점(始點)으로 바꾼다.

내가 내린 곳이 나의 종점(終點)이요, 내가 타는 곳이 나의 시점(始點)이 되는 까닭이다. 이 짧은 순간(瞬間) 많은 사람들 속에 나를 묻는 것인데 나는 이네들에게 너무나 피상적(皮相的)이 된다. 나의 휴머니티를 이네들에게 발휘(發揮)해 낸다는 재주가 없다. 이네들의 기쁨과 슬픔과 아픈 데를 나로서는 측량(測量)한다는 수가 없는 까닭이다. 너무 막연(漠然)하다. 사람이란 회수(回數)가 잦은 데와 양(量)이 많은 데는 너무나 쉽게 피상적

<hr>

51) 방정꾸러기: 걸핏하면 방정을 잘 떠는 사람을 놀리는 말.
52) 현판(懸板): 글자나 그림을 새겨 문 위나 벽에 거는 널조각.
53) 가당하다(可當—): ① 합당하다. ② 정도나 수준 따위가 비슷하게 맞다.

(皮相的)이 되나 보다. 그럴수록 자기 하나 간수(看守)하기에 분망(奔忙)하나 보다.

　시그날을 밟고 기차는 왱—떠난다. 고향(故鄕)으로 향(向)한 차(車)도 아니건만 공연(空然)히 가슴은 설렌다. 우리 기차는 느릿느릿 가다 숨차면 가정거장(假停車場)에서도 선다. 매일(每日)같이 웬 여자(女子)들인지 주룽주룽 서 있다. 제마다 꾸러미를 안았는데 예(例)의 그 꾸러민 듯싶다. 다들 방년(芳年)54)된 아가씨들인데 몸매로 보아하니 공장(工場)으로 가는 직공(職工)55)들은 아닌 모양이다. 얌전히들 서서 기차를 기다리는 모양이다. 판단(判斷)을 기다리는 모양이다. 하나 경망(輕妄)스럽게 유리창(琉璃窓)을 통(通)하여 미인(美人) 판단(判斷)을 내려서는 안 된다. 피상법칙(皮相法則)이 여기에도 적용(適用)될지 모른다. 투명(透明)한 듯하나 믿지 못할 것이 유리(琉璃)다. 얼굴을 찌깨논 듯이 한다든가 이마를 좁다랗게 한다든가 코를 말코로 만든다든가 턱을 조개턱으로 만든다든가 하는 악희(惡戲)56)를 유리창(琉璃窓)이 때때로 감행(敢行)하는 까닭이다. 판단(判斷)을 내리는 자(者)에게는 별반(別般) 이해관계(利害關係)가 없다손 치더라도 판단(判斷)을 받는 당자(當者)에게 오려던 행운(幸運)이 도망(逃亡)갔는지를 누가 보장(保障)할소냐. 여하간(如何間) 아무리 투명(透明)한 꺼풀일지라도 깨끗이 베껴

---

54) 방년(芳年): 여자의, 이십 세 전후의 꽃다운 나이. 방령(芳齡).
55) 직공(職工): ① 자기 기술로 물건을 만드는 일을 직업으로 하는 사람. ② 공장에서 일하는 사람. 공원(工員).
56) 악희(惡戲): 못된 장난을 함. 또는 그 장난.

버리는 것이 마땅할 것이다.

이윽고 터널이 입을 벌리고 기다리는데 거리 한가운데 지하철도(地下鐵道)도 아닌 터널이 있다는 것이 얼마나 슬픈 일이냐. 이 터널이란 인류(人類) 역사(歷史)의 암흑시대(暗黑時代)요, 인생행로(人生行路)의 고민상(苦悶相)이다. 공연(空然)히 바퀴 소리만 요란하다. 구역날 악질(惡質)의 연기(煙氣)가 스며든다. 하나 미구(未久)에57) 우리에게 광명(光明)의 천지(天地)가 있다.

터널을 벗어났을 때 요즈음 복선공사(複線工事)에 분주(奔走)한 노동자(勞動者)들을 볼 수 있다. 아츰 첫차(車)에 나갔을 때에도 일하고, 저녁 늦차(車)에 들어올 때에도 그네들은 그대로 일하는데 언제 시작(始作)하여 언제 그치는지 나로서는 헤아릴 수 없다. 이네들이야말로 건설(建設)의 사도(使徒)58)들이다. 땀과 피를 아끼지 않는다.

그 육중한 트럭을 밀면서도 마음만은 요원(遙遠)한59) 데 있어 트럭 판장에다 서투른 글씨로 신경행(新京行)60)이니 북경행(北京行)이니 남경행(南京行)이니라고 써서 타고 다니는 것이 아니라 밀고 다닌다. 그네들의 마음을 볼 수 있다. 그것이 고력(苦力)61)에 위안(慰安)이 안 된다고 누가 주장하랴.

---

57) 미구(未久)에: 얼마 오래지 않음.
58) 사도(使徒): ① 예수가 복음을 널리 전하기 위하여 특별히 뽑은 열두 제자. 십이 사도. 종도(宗徒). ② 비유적으로, 신성한 일을 위하여 헌신적으로 힘쓰는 사람.
59) 요원하다(遙遠—): 아득히 멀다.
60) 신경행(新京行): 신경(新京)으로 감. '신징(新京, Xinjing)은 중국 지린성 창춘시가 만주국의 서울이었을 때의 이름.
61) 고력(苦力): 고된 일.

이제 나는 곧 종시(終始)를 바꿔야 한다. 하나 내 차(車)에도 신경행(新京行), 북경행(北京行), 남경행(南京行)을 달고 싶다. 세계(世界) 일주행(一周行)이라고 달고 싶다.

아니 그보다도 진정(眞正)한 내 고향(故鄕)이 있다면 고향행(故鄕行)을 달겠다. 다음 도착(到着)하여야 할 시대(時代)의 정거장(停車場)이 있다면 더 좋다.

— 『산문집』

제5부 해설 및 윤동주 연보

윤동주의 원죄 의식과 부활 사상

— 박이도(문학박사, 시인, 전 경희대학교 국어국문학과 교수)

1. 기독교의 수용과 자세-사회적 경험과 신앙적 경험의 상실

시는 현실의 세계가 아니다. 체험의 세계요. 상상의 세계이다. 체험은
사회적 종교적인 인식의 바탕이 되는 것이며 상상은 인간 정신에 있어서
표상 체계의 원형이 된다.

한 시인의 작품을 감상함에 있어서 시인이나 그의 작품들을 현실과 동
일한 공간에서 파악하려 할 때 그것은 비시적(비예술적) 사상1)에 초점을
맞추는 결과가 된다. 윤동주의 유고 시집 『하늘과 바람과 별과 시』(1948)
에 31편을 묶어 출간된 뒤, 다시 1955년에 유고가 더 모아져 총 시 88
편과 산문이 묶여 증보판이 나왔다. 비로소 윤동주 시의 전모(全貌)를 대
할 수 있게 되었던 것이다. 문단의 대체적 관심은 윤동주는 식민지 시대
의 레지스탕스를 몸소 실천에 옮긴 시인으로서 더욱이 그의 옥사와 연결
시켜 식민지사의 전설적 인물로서 부각되었다. 그의 시 작품 하나하나의
문학성보다는 식민지 시대를 어떻게 살다 갔느냐 하는 전기적 측면에 문
학사적 비중을 두는 결과를 많이 발견할 수 있다. 작품이 아닌 사회적

---

1) 사상(事象): 어떤 사정 때문에 일어나는 일. 사건이나 사실의 현상.

여건에 의해 조상2) 되는 시인상은 몰개성적일 수밖에 없다. 한 사람의 시인이 탄생하기까지의 행동반경에서 이뤄지는 과정을 외연적 맥락에서만 확정지을 경우 그의 시적 개성은 물론 예술성마저도 선입관에 의한 일방적인 의미 부여로써 몰이해3)라는 난센스를 초래할 위험이 있다.

지금까지 윤동주의 시를 평가하는 시점은 대체로 세 가지가 있다. 그 첫째는 작품보다 그 작가에 대한 고정 관념이 크게 작용하는 평가이다. 이 같은 평가는 작자에 대한 고정 관념이 직선적으로 작품에 연장되는 것으로 오로지 저항시의 계열에 두는 것이다. 이 경우 문학사적 차원에서 작자의 시대와 사회가 작품 하나하나에 투영되는 단순한 도식화 현상이 일어난다. 둘째는 그의 작품 전부를 저항시의 범주로 묶지 않고, 작품들을 분석하여 저항시, 서정시, 혹은 신앙시 등으로 나누어, 윤동주가 일제 말기의 유일한 저항 시인이라는 신화적 영웅화의 작업에 회의를 느끼는 시점이다. 셋째는 작품 속에 흐르는 정신적 의의나 내적 갈등 등이 시로 승화된 면을 추적하는 것으로 순수 서정시로 볼 수밖에 없는 시점이다. 이상의 구분은 각기 평자들의 논지의 주된 부분에 해당한다. 그러므로 부분적으로는 서로 중복되는 측면을 지니고 있다.

여기에서는 윤동주의 시를 기독교 정신이라는 맥락에서 작품 세계를 짚어 나갈 것이다. 이때 작자가 시대와 사회를 자기 삶에 반영한다는 점

---

2) 조상(彫像): 조각한 상. 조각상.
3) 몰이해(沒理解): 이해함이 없음.

에서 개화 이후의 자주(自主)-자립(自立)-자강(自强)의 흐름이 기독교 의식에 강력히 뒷받침되었다. 이는 현실적으로 당하는 일제하의 실상을 기독교 정신이라는 범주에 끌어들일 수 있는 명분이 되는 것이다. 즉 그의 시 전부를 기독교 정신에 의해 쓰여진 기독교 문화의 토양에 의한 산물로 시점을 맞추어 보는 것이다.

한 시인의 전 작품을 통해 민족적 의식을 형상짓는 일은 진정한 의미에서 시사적(詩史的) 의의를 규명하는 작업이기도 하다.

윤동주에게 그가 처했던 시대와 사회가 어떤 영향을 미쳤는가? 그는 기독교를 신앙하는 가정에서 태어났고, 또 조국을 떠나 있는 곳에서 태어났다. 그리고 조국은 하나의 감옥과 같이 육신의 삶이나 정신의 문화 공간이 폐쇄된 실존적 여건이었다. 그는 기독교인의 죄인 의식, 즉 아담 이후 기독교의 윤리적 근간이 되는 노동 의식, 속죄4) 상 내지 구원에 이르기까지 감당해야 하는 형벌(刑罰)에 대한 죄의식을 정신적으로 감수했다. 예수에 의해 죄를 사함받고 영생(永生)에 이를 수 있다는 일차적인 신앙의 조건에서 현세적인 공동체 의식으로 민족 수난의 역사적 현실까지 감수하고 극복해야 하는 이중의 시련이 문학적 세계로 구체화된 것이다. 퓌겐이 주장한 사회적 인과율의 조건이라는 측면에 적용해볼 만하다. 즉 그는 "문학을 사회적 활동과 사회적 경험의 객체로서 연구"하고

---

4) 속죄(贖罪): 예수가 인류의 죄를 대신해 십자가에 못박힌 일. 속량(贖良).

그 내용의 "생산, 전승, 확산 및 수용을 행하는 인간 상호간의 활동"5)에 관심을 두고 체계화한 것이다.

필자는 이런 비평적 관점에 종교적 신앙을 추가하고 윤동주의 내면의 거울에 비추이는 정신적 추구의 흔적을 정리해보려는 것이다. 결국 그의 시 속에서 사회적 경험과 기독교 신앙의 일치점이 어떻게 수용되고 표상되었는가를 가려 볼 것이다.

시인의 작품을 생각할 때 그 시인의 사회, 혹은 시대를 한데 묶어 생각하게 되는 것은 비단 문학 사회학적인 태도만은 아니다. 작가의 정신적 상태에 적극적인 영향을 미치는 사회와 소극적인 영향을 미치는 사회로 나누어 볼 수 있다. 정치, 경제 등 국민 생활을 피부로 느끼게 하는 집단적으로 영향을 끼치는 여러 요소 등이 있는가 하면 자연의 대상화, 종교적 차원, 문화적 공간 등의 개인적 영역의 사회 또한 있는 것이다.

그렇게 볼 때 윤동주에게 있어서 적극적인 사회에 해당하는 체험의 수용은 이미 많은 평자(評者)들에 의해 강조된 식민지 시대의 생존 조건에 해당된다.

그리고 소극적인 사회, 즉 개인적으로 체험하고 의식된 세계, 국어를 쓰지 않은 이국땅에서 성장했다는 사실, 기독교라는 서구 종교의 문화권에 접할 수 있었다는 사실, 그리고 평양, 경성 등지와 일본으로의 유학 등에서 성숙된 복합적인 이방인 의식들이다. 이처럼 적극적으로 압박을

---

5) 이유영, 『독일 문예학 개론』, pp.260~261.

가해 오는 사회적 여건에 의해 위축된 외적 자아와 소극적으로 의식하거나 의식되지 않은 상태에서 성숙된 내적 자아의 일치는 불행하게도 현실에 활달하게 대응하지 못하고 내적으로만 인식하는 데서 출발했다. 이것은 윤동주가 기독교를 의식하는 양면성의 방법이 되며, 또한 시에 대한 자세가 된다. 이 같은 자세는 그의 시를 통해 다시 표상되는 것이다. 이것은 릴케가 사물시6)를 "현실에 대한 증오감의 한 시도"로써 관찰했고 "서정시는 순수하면 순수할수록 불화의 순간을 그 자신에 내포"7)한다는 아도르노8)의 사회학적 시론을 적용해도 그 이해가 가능하다. 이러한 시적 자세는 기독교 의식에 의해 윤리적 도덕적 골격을 갖추고 역사적으로 발전되어 나오는 기독교 사회학과 연결되는 것이다.

　　나무가 춤을 추면

　　　　바람이 불고

　　나무가 잠잠하면

　　　　바람이 자오.

　　　　　　　　　　　　　　　　　　　　― 「나무」 전문

---

6) 사물시(事物詩): 비평가 랜섬이 분류한 시 종류의 하나. 그에 따르면 시는 크게 사물을 다루는 시와 관념을 다루는 시로 나뉜다. 사물시의 대표적인 예로서는 이미지즘의 시들을 들 수 있다.
7) 김주연, 「아도르노의 문학사회학」, 『예술과 사회』, 민음사, 1979, p.189.
8) 아도르노(T. W. Adorno): 도이칠란트의 철학자. 사회학·심리학·음악학 등에도 해박한 지식을 가졌고 비판이론을 내세운 프랑크푸르트학파의 일원으로 유명하다.

이 네 줄의 동시 「나무」는 윤동주의 시적 태도(자세)를 웅변해준다. 또한 이것은 그의 시적인 형식에 있어서도 기본적인 틀이 된다. 가령 역기능적인 구문, 현실 도피적인 자의식, 동적 이미지의 활용 등이 그것이다.

티니아노프(J. Tynianov)는 "사회적 생활은 무엇보다도 먼저 그 언어적 양상에 의해 문학과 상관관계에 들어간다.……문학은 사회생활에 대해서 언어적 기능을 갖고 있다."9)고 말한다. 윤동주가 그의 사회생활을 대사회적으로 드러내기 위해서는 문학의 방법이 최선의 것이었다. 이때 그의 사회는 그가 살아서 움직이는 현실적인 시간과 공간의 사회가 아닌 초월의 사회인 것이다. 그의 시편 대부분에서 찾아볼 수 있는 것은 바로 초월자의 태도이다. 그래서 시편마다 그는 살아 있는 사람으로서가 아닌 다른 사람이 보기에는 몽유병자가 걸어 다니는 것처럼, 현실적인 사회생활을 거부하고 반대로 내재적인 의식 세계만이 그의 실제 세계로 부각된다. "나무가 춤을 추면 바람이 불고"라는 표현은 발상뿐만 아니라 시의 형식이라는 면에서도 완전히 역설적이고 역기능적이다. 인습적인 방법에 의하면 사물 인식이란 인과적 유추를 과학적으로 신봉하는 것이었다. 그러나 윤동주는 이를 거부한다. 즉 원인에 의한 결과적인 사실로부터 특수성의 귀납인 것이다. 원인에 의한 결과라는 상식을 따를 때 그의 시는 "바람이 불면 나무가 춤을 추고"로 표현되어야 했을 것이다.

---

9) 츠베탕 토도로프(Tzvetan Todorov), 김치수 역, 『러시아 형식주의(Russian formalism)』, 이화여자대학교출판부, 1981, p.24.)

현실적 삶을 거부한다 함은 사회의 적극적인 영향과 내부로부터 성숙되는 소극적인 영향들이 합쳐서 폐쇄적인 사고를 지닌 것을 뜻한다. 이는 칸트의 윤리관인 "이성적 존재로서는 한 갓 어떤 속박을 받지 않는다는 의미에서가 아니라, 자기 스스로 규제하는 자율로 행위한다."[10]는 태도가 그의 신앙-도덕-정서적인 세계를 제약하고 침잠시키는 주관적 인식법으로 지배하기 때문이다. 그는 사회적으로 발언할 수 없다는 압박감으로 대사회적인 결여 상태에 놓여 있었으며 개인적으로는 신앙상의 죄의식과 도덕적 황폐감이 겹치어 외재적(外在的)인 상황에 대해 거부 내지 회피 반응이 사고나 정서에 특유한 구조를 구축한 것이다. 그것은 현실 사회에 대한 패배주의적 인식이며 드디어 작자의 주체와는 동떨어지게 된다. 또한 내적 갈등으로 인해 정신적 가치관이 붕괴되어 결국 역설적 표현의 문제가 나온 것이다. 필자가 앞에서 지적한 사회의 적극적인 영향과 소극적인 영향이란 구분을 빌헬름 딜타이(Wilhelm Dilthey)는 시인의 세계관, 시대 정신, 생의 문제 등을 문학의 '의미상 내실(內實)'이라고 규정하고 이를 구체적으로 형성하는 형이상학적 운명, 종교적인 것, 인간과 자연과의 관계, 사랑, 죽음 등과 사회적-역사적인 문제에 속하는 문화, 가족, 국가, 사회, 교육, 직업, 교양 등[11]정신사적인 해석을 시도한 바 있다.

---

10) 김두헌, 『서양 윤리학사』, 박영사, 1976, p.301.
11) 볼프강 카이저(Wolfgang Kayser), 김윤섭 역, 『언어예술작품론』, 대방출판사, 1982, p.376.

흰 수건이 검은 머리를 두르고

흰 고무신이 거친 발에 걸리우다.

흰 저고리 치마는 슬픈 몸집을 가리고

흰 띠가 가는 허리를 질끈 동이다.

— 「슬픈 족속(族屬)」 전문(1938년)

「나무」와 같이 시점의 자세가 뒤바뀌어 있다. 이 시에서도 "흰 수건이 검은 머리를 두르고"는 "검은 머리에 흰 수건을 두르고"로 쓰여졌어야 한다.

이는 단순히 표현상의 시적 도치로 볼 수만은 없다. 윤동주의 의식 구조는 이미 외부로부터 닫혀졌고 그의 내면에서 자각하게 된 무의식화가 시적 자세로 나타나고 있음을 본다. 즉 변증법적으로 말하면 사회와 윤동주는 대립적인 갈등으로 거리를 유지해 가는데 결국 불가항력적인 사회를 백안시하고 소멸시켜 버린다. 이와 함께 그의 내부에서는 임의로 정신적 균형을 세우게 되는 것이다. 그래서 베르트람(E. Bertram)이 주장한 "모든 존재하는 것은 단순히 상징에 지나지 않는다."[12]는 방법론에 의거하여 사회나 역사, 문화 등을 절대적인 주관으로 해석하고 수용한다.

---

12) 이유영, 『독일 문예학 개론: 원리와 방법』, 삼영사, 1981, p.150.

이 시의 제목 「슬픈 족속」은 의미상 사회적인 면에서 식민지화했거나 가난하다는 측면이 우선적으로 인식된다. 그다음 이 제목은 기독교 정신의 측면에서 보면 하나님을 모르는 민족, 그래서 헛된 것뿐인 현세[13]에만 집착하는 불쌍한 민족임을 절실하게 느끼는 데서 나온 것으로 볼 수 있다. 이렇게 볼 때 작자의 생각은 적어도 비기독교인보다는 현실을 긍정적으로 대처해 나가려는 미래에 대한 소망을 가지고 살아가려는 의지의 바탕에서 일차적으로 의식되는 사회적 의미도 부가시킬 수 있었던 것으로 보인다. 가령 불교 정신의 시인 한용운의 경우도 이같이 시적 자세는 동일한 것을 볼 수 있다. 종교적 신념이 그들의 일상 속에서 일제와 타협하지 않았다든가 주체적인 자의식의 세계를 유지한 점 등이 그것이다. 제목이 직선적인데 반해 시의 내용은 전체가 상징적이다. '흰 수건', '흰 고무신', '흰 저고리 치마', '흰 띠' 등은 특정 사물에 대한 구체적인 지시가 아닌 우리 민족 전부를 상징적으로 이미지 메이킹하는 것이다. 위의 어휘들은 우리 민족만이 지닌 전통적 인습의 시각적 표상이 되기도 한다. 그래서 이 시는 단순한 윤동주가 살다 간 시대-일제의 식민지 시대-의 민족적 슬픔이기보다는 숙명적으로 이어져 온 민족의 뿌리로부터 짊어진 멍에를 상징하는 것이다. 이 시를 여성 이미지로 전개한 것은 우리의 지난 역사가 남성 본위의 역사였기 때문에 여성들의 불행은 한 시대를 상징할 뿐만 아니라 그것은 민족 전체의 슬픔으로 드러나고 작자의

---

13) 현세(現世): 지금 이 세상.

모성애적인 자세에서 이룩된 것이다. 그리고 이것은 우연일 수도 있겠으나 본문의 22개 어휘 모두가 한자어 등의 외래어가 섞이지 않은 점은 의미심장하다. 더욱 이를 뜻 있게 해주는 것은 '흰…………'으로 시작되는 시행에서 백의민족을 소박한 일상성의 사물로 제시하고 상징한 것이 그의 모국어에 대한 시적 자세를 보여 주는 또 하나의 특징이기도 하다. 이러한 자세는 시대적 여건에 따라 강렬한 호소력을 발산할 수 있는 잠재력을 지닌다. 뿐만 아니라 기독교 정신의 차원에서 민족적인 슬픈 멍에에서 풀려나야 한다는 적극적인 신념의 수용에서 드러난 것임을 간과해서는 안 된다.

언어 구사의 태도로는 내적 무의식의 세계가 의식의 세계로 솟아난다. 이것은 신화의 개념인 집단 무의식의 소산으로 해석할 수 있다. "흰 수건이 검은 머리를 두르고"에서의 '흰 수건이……'를 숙명적으로 짊어진 민족의 멍에로서 현대의 한국인에게는 무의식화된 잠재적 상황 의식으로 볼 수 있기 때문이다. 이는 막스 베버가 지적했던 '절대 윤리'를 행위 면에서 신념 윤리와 책임 윤리로 구분한 것 중 신념 윤리의 범주에 속하는 것이다. 이런 윤리 의식이 '……검은 머리를', '……거친 발', '……슬픈 몸집', '……가는 허리' 등으로 자신이 동참하고 있는 시대의 집단을 얽어매듯 사로잡고 있다. 이를 전지적인 시점에서 조명한 것이다. 이 밖에 한두 편을 더 들어 그의 시적 자세를 보자.

불 꺼진 화(火)독을

안고 도는 겨울밤은 깊었다.

재(灰)만 남은 가슴이

문풍지 소리에 떤다.

— 「가슴 2」 전문(1936.7.4.)

이 시에서도 작자의 의식이 역기능적으로 인식되고 있다. 가슴이란 작자의 관념의 객체이다. 시 「가슴 1」에서 보면 가슴은 '북'으로 표현되었고 「가슴 2」에서는 '화(火)독'으로 표현된다. 이것은 작자의 내면세계를 대상화한 것이다. 이를 순리적으로 풀어 보면 '화독'이나 '가슴'은 자신을 객관적으로 바라보는 자세로서 "깊어 가는 겨울밤에 불 꺼진 화독"이 되며 그다음 연은 "문풍지 소리에 재(灰)만 남은 가슴이 떨린다."로 된다. 그의 시적 자세란 외부와 통화가 되는 세계가 아닌 닫혀 있는 내부의 세계에서 주체적인 자아가 외부로 나와 객관화되고 그런 상황, 즉 세계 속에서 목적 합리성으로서 심리적 이해에 의한 사회 인식이다. 이 목적 합리성이란 막스 베버(Max Weber)의 용어로서 직관적인 이해에 바탕을 둔 것이다. 시 「바람이 불어」의 제2연인 "바람이 부는데/내 괴로움에는 이유가 없다."에서 괴로움에 이유가 없다 함은 실제 많은 괴로운 이유가 있는 것이며 그 괴로움은 작자의 의식 속에 침착되어 있는 것으로 불어오는 바람에 의해 새삼 의식하게 됨을 뜻한다.

팔복(八福)

— 마태복음 5 : 3~12.[14]

슬퍼하는 자는 복이 있나니

슬퍼하는 자는 복이 있나니

슬퍼하는 자는 복이 있나니

슬퍼하는 자는 복이 있나니

슬퍼하는 자는 복이 있나니

슬퍼하는 자는 복이 있나니

슬퍼하는 자는 복이 있나니

슬퍼하는 자는 복이 있나니

저희가 영원(永遠)히 슬플 것이요

윤동주의 시 가운데 본격적인 패러디[15]의 형식을 취한 작품이다. 산상수훈[16]의 결과적인 성과를 의도적으로 배제함으로써 실천적 신앙의 과정을 역설적으로 강조하고 있다. 즉 구문대로 풀이하면 "슬퍼하는 자는 복이 있나니" 이니까 영원히 복(福)을 얻으려면 "저희가 영원히 슬플

---

14) "정령이 가난한 자는 복이 있나니 천국이 저희 것임이요"로 시작됨.
15) 패러디(parody): 특정 작품의 소재나 작가의 문체를 흉내 내어 익살스럽게 표현하는 수법. 또는 그 작품.
16) 산상수훈(山上垂訓):『신약성서』「마태복음」5-7장에 실린 예수의 교훈. 신앙생활의 근본 원리를 간단명료하게 총괄적으로 나타냄. 산상 보훈.

것"이 되지 않으면 안 된다. 고로 영원히 슬픔을 맛본다는 것은 기독교 신앙인으로서 천국에 이르기 위해서는 한평생 불가피한 실존 사상이 되는 것이다. 결국 이 시는 산상 수훈에 대한 부정적인 정신에서가 아니라 긍정적인 정신에서 표상된 패러디인 것이다.

이 장에서 윤동주의 시적 자세를 유도하기 위해 기독교 의식에 의해 수용된 외부 세계와 내부 세계가 변증법적으로 발전되어 일어나는 특성을 밝혀 본 것이다. 즉 사회적인 압박과 역사적인 사실로서의 불행한 민족, 그리고 우상 파괴적인 기독교 논리 의식에 의해 빚어지는 정신적 갈등이 현실 도피적인 죄의식으로 구축된 문학적 태도인 것이다. 이는 사회적 경험과 신앙적 경험의 상실감을 사랑의 결핍으로 수용하고 역설적인 현실 대응 자세를 보여 주는 것이다.

김우창이 지적한 글을 보자.

> 윤동주에 있어서 보다 중요한 것은 이 동적인 자아의 자기실현이었던 것으로 생각된다. 달리 말하여 윤동주의 근본적인 관심은 의식 작용을 통하여 드러나는 자신의 도덕적-형이상학적 가능성에 대한 관심이며 또 이것은 구체적인 삶으로 구현하는데 대한 관심이었다.[17]

윤동주가 시를 대상화할 때 동적 이미지로 처리하려는 입장을 취하는

---

17) 김우창, 「손들어 표할 하늘도 없는 곳에서」, 『문학사상』43호, 1976. 4, p.208.

점에서 하나의 특징을 발견할 수 있다.

늙은 교수(敎授)의 강의(講義)를 들으러 간다.
— 「쉽게 쓰여진 시(詩)」에서

담배를 피웠다.
— 「사랑스런 추억(追憶)」에서

비둘기 한때가 부끄러울 것도 없이 나래 속을 속, 속, 햇빛에 비춰
날았다.
— 「사랑스런 추억(追憶)」에서

이 밤을 하염없이 안개가 흐른다.
— 「흐르는 거리」에서

그리고 나한데 주어진 길을 걸어가야겠다.
— 「서시(序詩)」에서

오늘밤에도 별이 바람에 스치운다.
— 「서시(序詩)」에서

길에 나아갑니다.

— 「길」에서

아름다운 또 다른 고향(故鄕)에 가자.

— 「또 다른 고향(故鄕)」에서

눈 감고 가거라.

— 「눈 감고 간다」에서

바다로 가자.

— 「산골 물」에서

위에 열거한 시 구절은 일부에 지나지 않는다. 거의가 진행사를 써서 그것이 과거, 현재, 미래형의 어느 것에 해당하건 움직이는 상태를 드러 낸다. 이는 작자의 내적 의식 구조가 시에 대한 자세로 나타난 것이다. 소위 심리적 이미저리(mental imagery)를 시각적(visual)으로 처리한 것이 다. 우리의 육신이 성장하고 노화되어 가듯 우리의 정신 활동도 발전하 고 변모되어 간다. 이것이 제약되고 정지되었을 때 그 정신은 죽음을 뜻 한다. 그러므로 작자의 내적 정신은 비록 그것이 대 사회적으로 단절된 상태이나마 끊임없이 발전되기를 원한다. 한정적인 시간관념에서 역사 적이며 영원성을 지닌 시간 속으로 도약의 염원이 무의식 속에 잠재되어 있다. 이것이 침체의 상태가 아닌 움직임의 상태로 표시되고 내적으로나마 스스로 절정감을 느끼게 되는 것이다. 즉 작자의 내적 자아가 대립적으로 시적 대상으로 표현되는 것이다. 이러한 진행법으로 동적 상태를 나타낼 때 이것은 작자의 이상적 경험의 원형에 속한다. 프라이(N. Frye)가 문학의 이원 구조를 설명하는 경험의 범주 중의 하나인 '방향과 운동'18)에 속하는 것으로 동적 상태, 즉 운동이란 활발한 발전, 진보를 뜻한다. 상대적으로 침체(stagnation)란 무기력하고 발전이 없는, 그래서 악이 머무르는 상태를 뜻한다.

2. 표상(表象)의 양상

(1) '슬픔' 혹은 '부끄러움'의 이미지

윤동주의 기독교시의 표상 양상을 살피기 위해서 두 가지 접근 방법을 시도한다. 그 하나는 주제 및 소재로서의 대상이며 또 하나는 내면 의식의 상징화이다. 일반적으로 한 시인의 생애를 통해 남겨진 작품들이 변모 발전해 가는 과정은 몇 단계로 나뉘게 된다. 그러나 윤동주의 경우는 무의미하다. 그것은 시작(詩作)의 기간이 짧았고 작품의 수도 적기 때문

---

18) 허먼 노드럽 프라이(Herman Northrop Frye), 『동일성의 우화(Fables of Identity)』, 하코트, 브레이스 앤 월드(Harcourt, Brace and World), 1963. p.720.

이다. 특히 그의 시적 이미지 속에는 슬픔이나 부끄러움 등의 열등의식
이 많다.

별 헤는 밤

1) 계절(季節)이 지나가는 하늘에는
   가을로 가득 차 있습니다.

2) 나는 아무 걱정도 없이
   가을 속의 별들을 다 헤일 듯합니다.

3) 가슴 속에 하나 둘 새겨지는 별을
   이제 다 못 헤는 것은
   쉬이 아침이 오는 까닭이요
   내일(來日) 밤이 남은 까닭이요
   아직 나의 청춘(靑春)이 다하지 않은 까닭입니다.

4) 별 하나에 추억과
   별 하나에 사랑과
   별 하나에 쓸쓸함과
   별 하나에 정한(情恨)과

별 하나에 시(詩)와

별 하나에 어머니, 어머니

5) 어머님, 나는 별 하나에 아름다운 말 한마디씩 불러 봅니다. 소학교(小學校) 때 책상(冊床)을 같이 했던 아이들의 이름과 패(佩), 경(鏡), 옥(玉) 이런 이국(異國) 소녀(少女)들의 이름과 벌써 아기 어머니 된 계집애들의 이름과 가난한 이웃 사람들의 이름과 비둘기, 강아지, 토끼, 노새, 노루, "프랑시스 잠", "라이너 마리아 릴케" 이런 시인의 이름을 불러 봅니다.

6) 이네들은 너무나 멀리 있습니다.

별이 아슬히 멀듯이

7) 어머님,

그리고 당신은 멀리 북간도(北間島)에 계십니다.

8) 나는 무엇인지 그리워

이 많은 별빛이 내린 언덕 위에

내 이름자를 써 보고,

흙으로 덮어 버리었습니다.

9) 딴은 밤을 새워 우는 벌레는

   부끄러운 이름을 슬퍼하는 까닭입니다.

   그러나 겨울이 지나고 나의 별에도 봄이 오면

   무덤 위에 파란 잔디가 피어나듯이

   내 이름자 묻힌 언덕 위에도

   자랑처럼 풀이 무성할 게외다.

   (인용한 시에서 아라비아 숫자는 필자가 연의 일련번호를 표시한 것

임.)

그의 시적 자세를 자신의 죄인 의식에 대한 객체화 현상이었다고 본다
면 「별 헤는 밤」은 하나님에 대한 찬미와 부활에 대한 갈망이다. 내적인
자아로서 머무르는 것이 아닌 현실과 대응하려는 논리 의식의 구조이다.
이 현실은 신앙적으로나 민족적 공통의 지향점을 지닌 주제 의식이 강한
것으로 나타났다.

먼저 이 시에 나오는 '부끄러운 이름'의 이미지를 본다. 내적으로 인식
되는 자신의 모습을 '부끄러운' 존재로 규정하는 것은 심리적 파악이다.
사회적으로나 개인적인 정신세계의 갈등으로 혼란을 일으키는 초자아19)

----

19) 초자아(super-ego): 이드(id)·자아(自我)와 함께 정신을 구성하는 한 요소. 도덕·양심 따위와
    같이 본능이나 자아의 욕구를 억제하는 높은 정신 현상. 슈퍼에고(superego).

의 표현이다. 프로이트의 용어인 이것의 의미는 인간의 양심과 궁지에 의해 체계화된 가치관 내지 도덕적 규준의 자각을 뜻한다. 윤동주의 이같은 초자아는 현실적으로 단절된 사회와의 갈등과 신앙상의 윤리, 도덕적 죄인 의식 등으로 항상 '부끄러운 이름'으로 나타난다. 그래서 심리주의 비평에서 파헤친 것에 따르면 이러한 시어는 강압적이며 반복적으로 나타나게 된다는 것이다. 윤동주의 경우도 이 '부끄러운⋯⋯⋯⋯' 이라는 어휘는 「별 헤는 밤」을 비롯 「길」, 「쉽게 쓰여진 시」, 「참회록」, 「서시」 등과 부끄럽다는 의도와 같은 뉘앙스를 지닌 시어가 등장하는 여러 편이 있다. 그 구절들을 열거하면,

① 어리석게도 모든 것을 깨달은 마음

— 「흰 그림자」

② 내 괴로움에는 이유(理由)가 없다.

— 「바람이 불어」

③ 괴로왔던 사나이

— 「십자가(十字架)」

④ 한번도 손들어 보지 못한 나를

— 「무서운 시간(時間)」

⑤ 나도 모를 아픔을 오래 참다.

— 「병원(病院)」

⑥ 돌아가다 생각하니 그 사나이가 가엾어집니다.

— 「자화상(自畵像)」

①은 부끄러움을 깨달았다는 뜻이 된다. ②의 괴로움은 부끄러움이며 ③의 경우도 마찬가지이다. ④는 어떤 경우에서든 부끄러운 나인 것이다. ⑤에서 아픔은 신병(身病)으로서의 아픔이 아닌 내적 정신상의 아픔, 즉 부끄러운 존재에 대한 가엾음이다. 오세영은 윤동주의 부끄러움의 정체를 파헤침으로써 기왕의 저항시의 범주에 묶어 두었던 작품 외적 요인들을 제거해 놓았다.[20]

이처럼 저항시, 저항 시인이라는 측면을 부정적인 면에서 파헤치다 보니까 윤동주가 내적으로 유지해 온 종교적 윤리, 도덕적인 지조나 사회적으로 지식인의 양심상 피할 수 없는 책임 의식 등이 치열하게 작용하고, 이를 시로써만 카타르시스[21]했다는 면을 소홀히 보아 넘긴 점을 지적할 수 있다.

---

20) 오세영, 「윤동주의 시는 저항시인가?」, 『문학사상』 43호, 1976.4, p.226.
21) 카타르시스(catharsis): 비극을 감상함으로써 마음속에 억압되어 있던 감정이 해소되고 마음이 정화되는 일.

……이 시인의 마음의 자세 — 양심에 대한 필요 이상의 결백증, 무
언가 속죄하고자 하는 마음, 티 없이 살고자 하는 아름다운 심성 등을
짐작할 수 있다.[22]

　또 이 대목에 '필요 이상의 결백증'이라든가 '마음의 자세……짐작할
수 있다'는 인식은 종교인으로서의 의식을 배제한 상태에서 보고 있음을
알 수 있다.

　적어도 윤동주에게 있어서 양심에 대한 결백증이나 속죄 의지, 또는
티 없이 맑은 심성의 유지 등은 매우 치열하게 끓어오른 삶의 지표였음
을 부인할 수 없는 것이다. 그 증거로는 부끄러운 자신의 표상이나 여러
가지 형태로 드러나는 죄의식의 소박한 고백들을 들 수 있다. 그러나 이
러한 치열한 정신 자세에도 불구하고 행동화하지 못한 정신 자세란 무의
미하다는 견해는 물론 저항 시인, 혹은 참여 시인 할 때 먼저 생각되어야
할 문제들이다. 그러나 인간 내부 의식에 자리한 이성적 절대적(종교상의)
의지는 그 내부에서만이라도 끊임없는 불꽃을 피워 올리는 작업을 할 수
있을 것이다. 가령 간디옹의 무저항주의가 그러했듯 막스 베버(Max
Weber, 1864~1920년)의 신념 논리적 견지에서 볼 때 윤동주는 자신의
신념의 시적 이미지로 드러낸 것이다.

22) 오세영, 「윤동주의 시는 저항시인가?」, 『문학사상』 43호, 1976.4, p.227.

(2) 역설의 양식

「별 헤는 밤」은 1인칭 화자의 정적인 찬양과 호소로 진행된다. 서정시의 화자를 일반적으로 작자와 동일시되던 이해를 넘어 '나'라는 언어 자체가 시 속에서 실제의 작자와 같을 수는 없다. 그런 점에서 문학적인 가면을 쓴 인격으로서의 퍼소나23)로 지칭, 작자와 구별 지어 보는 것이다. 이에 따라 "나는 아무 걱정도 없이……헤일 듯합니다.", "어머니, 나는 별하나에……한마디씩 불러 봅니다.", "나는 무엇인지 그리워……" 등은 윤동주의 문화 공간에서 그 나름대로의 논리 의식에 묶여진 관념상의 자아인 것이다. 이것을 시적 퍼소나라고 할 때 이 속의 '나……'는 신념 논리라는 상황 속의 실존적 자아 이상의 것이 못된다. 그러니까 '나무'나 '가슴'과 같이 역설적 양상을 띤다.

'나……'가 고향의 어머니에게 이야기하듯 밤하늘의 별을 바라보며 호소한다.

이 같은 호소는 기도의 형식이며 하나님의 지으신 천체에 대한 감탄과 예찬이 하나의 동기가 된다. 성서의 시편들에는 집단적인 기도의 형식과 개인적인 신앙의 노래는 "한 사람이 고립된 상황을 전제할 수도 있으며, 그만이 갖는 예외적인 상황을 보도하기도 한다. 이런 기도의 표현은 한

---

23) 퍼소나(persona): '시(詩)'의 화자(話者).

시인의 개인적이고 위격(位格)적인 신심에 대한 정보를 제공한다."24)고 지적하고 있다. 이처럼 개인적인 기도의 형식이라고 해서 감명이 없다는 뜻은 아니다. "그러므로 우리는 시인들의 개인적인 내적 삶을 가리키는 그들의 창작물(시)들에 특별히 주의를 갖지 않는다."25)는 의견도 있다. 「별 헤는 밤」에서 별이 상징하는 것 중 성서적인 소재로서의 상징 체계로 풀어 보자.

> 너희는 눈을 높이 둘어 누가 이 모든 것을 창조하였나 보라. 주께서는 수효대로 만상을 이끌어 내시고 각각 그 이름을 부르시나니 그의 권세가 크고 그 능력이 강하므로 하나도 빠짐이 없느니라.26)

> 상심한 자를 고치시며 저의 상처를 싸매시는도다. 저가 별의 수효를 계수하시고 저희를 다 이름대로 부르시는도다.27)

하나님의 천지 창조를 믿는 자에게 있어서 나 아닌 모든 사물-특히 신비와 아름다움을 지닌 것들 ― 은 신앙심을 끌어올릴 수 있는 대상으로

---

24) 뽈 오브래(Paul Auvray), 서인석 역주, 『시편은 시인 예수 그리스도의 노래』, 분도출판사, 1974, p.45.
25) 더글러스 그레이(Douglas Gray), 『종교가사선집(A selection of Religious Lyrics)』, 옥스퍼드 대학교출판부(Oxford University Press), 1975, p.8.
26) 『구약 성서』, 「이사야서」 제40장 26.
27) 『구약 성서』, 「시편」 제147편 3~5.

서도 중요한 비중을 지닌다. 즉, 그것은 우상으로서의 대상이 아니라 하나님의 창조물에 대한 감탄과 예찬으로서의 대상이다. 칸트(Kant)는 증대해 오는 감탄과 숭경[28]을 갖고 마음을 채우는 일이 두 가지 있다고 말하면서 그것은 내 위에 있는 별이 빛나는 하늘과 내 안에 있는 도덕적 법칙이다, 라고 고백한 바 있다. 윤동주는 칸트와 같이 하늘의 별들을 보면서 하나님의 오묘한 섭리에 감격하고 있다. 그러나 '도덕적 법칙'이라는 면에서 볼 때 신앙상 죄인이라는 의식과 민족적 숙명에 대한, 즉 불의에 대해 대항할 수 없는 무력감으로 외부 세계와 단절된 자신의 내적 윤리 의식으로 한층 폐쇄적이며 좌절된 자신을 의식하게 된다. 그런 의식이 나타나는 구절로 "아직 나의 청춘이 다하지 않은 까닭입니다.", "이네들은 너무나 멀리 있습니다.", "내 이름자를 써 보고, 흙으로 덮어 버리었습니다.", "······부끄러운 이름을 슬퍼하는 까닭입니다." 등을 들 수 있다. 칸트에게 자신의 내부에 의식되는 도덕적 법칙을 갖고 있다는 것이 보람된 것이라면 윤동주는 그것을 실현시킬 수 없다는 죄의식 때문에 보람으로 느끼지 못하는 차이가 있다.

즉, 「별 헤는 밤」의 시적 형식은 외연(外延)으로서 하나님의 섭리를 심리적으로 바라보고 내연(內延)으로서는 자신의 죄의식을 윤리-도덕적 차원에서 명상하는 소재로 침묵과 함축의 표상으로 드러난다. 여기서 외연은 궁정의 세계에 해당하는 별을 두고 일어나는 정서적 반응들은 기독교

---

28) 숭경(崇敬): 높여 존경하고 사모함.

정신의 세계(양지)요, 내연은 갈등의 세계(그늘)이다. 특히 침묵과 함축이란 "아직 나의 청춘이 다하지 않은 까닭입니다." 등 좌절된 갈등 의식을 나타낸 시구에서 볼 수 있다. 긍정의 세계에 해당하는 별을 두고 일어나는 정서적 반응들은 기독교 정신의 소산이다. 별을 바라보며 호소하듯 기도하듯 펼치는 언어들은 화자의 갈등에 의해 비감의 정서를 보여 주는 것이 특색이다. '나는 아무 걱정도 없이……' 라는 갈등의 세계를 역설의 양식으로 찬미하는 것이다. 또 '……이제 다 못 헤는 것은'에서도 하나님의 신비로운 섭리처럼 자신의 인간적 욕구들이 손쉽게 이루어지지 않는 데서 비롯한 표현이다. 즉, '별 하나에 추억'과 '사랑', '쓸쓸함', '동경', '시', '어머니' 등은 모두 그의 내부에서만 존재하는 관념들이다. 어머니마저도 멀리 있으므로 실제적일 수 없다. 여기에 내부에서만 존재한다 함은 비유를 들어 보면 다음과 같다.

현실적으로 살아 있는 자의 눈에 비친 별은 신비하고 아름답다. 그러나 윤동주는 이 같은 사실을 직접 입을 빌려 감탄할 상대가 없다. 그래서 그는 저 별들은 저렇게 아름다운데 내 양심은, 즉 신앙은 온전하지 못하므로 항상 죄의식에 놓여 있어서 별의 아름다움을 바라보고 경탄을 느끼되 비감한 정서로 인식되는 것이다. 앞에 인용한 「이사야서」와 「시편」의 예문은 「별 헤는 밤」의 원형이 된다. 「이사야서」의 "너희는 눈을 높이 들어 누가 이 모든 것을 창조하였나 보라.……"를 윤동주는 당대의 시대정신과 문화 공간의 첨단에 서서 개인적 사상을 곁들여 시로 썼다. 이 시의 제1연, 제2연이 이에 해당한다. 그리고 「시편」의 "상심한 자를 고치시며 저의 상처를 싸매시는도다.……"를 제3연, 제8연, 그리고 제9연의 처음 2행에서 함축적이고 묵시적으로 표현하고 있다. 또 시편의 "저가 별의 수효를 계수하시고 저희를 다 이름대로 부르시는도다."는 제4연을 상징하며 「이사야서」의 "주께서는 수효대로 만상을 이끌어 내시고 각각 그 이름을 부르시나니……"는 제5연으로 인간성을 바탕으로 한 체험과 애정을 구체화시키고 있다. 끝으로 이사야서의 "그의 권세가 크고 그의 능력이 강하므로 하나도 빠짐이 없느니라."는 제6연, 제7연에 상대적인 부각이다. 즉, 여기서 '그의'란 하나님을 지칭하나 이 시에서는 윤동주 자신의 감정을 드러내고 있다. 제9연의 3~6행은 마침내 제3연, 제8연 및 제9연의 첫 2행의 갈등이 발전 정신적 재생, 즉 기독교적인 부활에의 소망으로 모든 갈등을 평정시키고 있다.

이 시에서 별을 하나님의 신비로운 섭리요, 창조로 보고 찬미하는 것은 구약성서의 시편 기술자들이 타민족과 같이 별을 우상화하지 않은 것처럼 별을 주술적 대상으로 삼지 않았다는 사실에서 기독교 정신의 표현임을 들 수 있다. 또한 이 점은 클리언스 브룩스(Cleanth Brooks)가 지적한 "문학은 종교의 대용물이 아니다."라든가, 미국의 신비평가인 알렌 테이트(Allen Tate)가 "특정한 소재가 문학의 도덕적 문제가 될 수는 있지만, 문학의 목적은 도덕적 교훈을 주는 것이 아니다."는 분별력처럼 이 시가 영국 중세의 종교적 서정시들이 단순하고 직선적인 찬양이라는 각도와는 달리 일반적인 의미의 문학으로도 성공할 수 있는 점을 생각해 볼 수 있다. 이것은 당대의 종교시들도 우선 서정시로 성공한 것은 매우 신선하고 다양한 면을 보여 주고 있음을 뜻한다. 더글러스 그레이 (Douglas Gray)는 "심지어 죽음에 관한 시구들에조차 표면상 톤(tone)과 무드(mood)의 미묘한 조절을 매우 통일성 있게 보여 준다. 어떤 것들은 세계에 대한 모욕적인 황폐하고 가혹한 진술들, 즉 냉혹하고 그로테스크 하며 섬뜩한 것들이다. 다른 것은 훨씬 더 위엄을 갖춘 톤 안에서 더욱 부드러운 감정을 나타낸다. …… 도덕적인 교훈에 관한 노래는 날카롭고 강경한, 또는 공공연한 희극적인 풍자 문학의 전달 수단이 될 것이다. 종교적인 서정시는 당대의 실제적인 신앙심의 분야이다."29)라고 지적한 다. 이 같은 지적에 따르면 「별 헤는 밤」에서도 꼭 같은 특징들을 볼 수 있는 것이다.

또한 이 시의 마지막 연 3~6행은 부활을 기독교 신앙의 신념으로 보 여 주는 소위 묵시 문학(Apocalyptic Literature)의 함축적 의미가 있다. 즉, 묵시 문학이란 일종의 인간 종말에 대한 암시를 뜻한다. 『구약성서』 의 「다니엘」과 『신약성서』의 「요한계시록」으로 대표되는 묵시문학은 비 의적, 영상적, 상징적이며 환상적인 각본으로 상징적으로 이해되는 동물 들, 천사들, 별들 등 기타 많은 것을 배역으로 보여 주는 경향이 있다. 인간의 죽음, 부활에 대한 비유적 암시를 나타내는 주제 위주의 문학 의 식이라고 말할 수 있다.

다시 시의 원문으로 돌아와 낱말이나 시 구절들의 의미나 상징을 살펴

---

29) 더글러스 그레이(Douglas Gray), 앞의 책, p.8.

보자. 윤동주에게 있어서 별은 가시적으로 하나님의 섭리를 찬미하는 대표적인 대상이다. 성서의 동방 박사 세 사람30)이 본 별은 계시의 상대적 대상이었다. 어둠 속에 빛나는 별은 살아 있는 하나님으로 상징하는 것이다. 그뿐만 아니라 별의 이미지는 다양해서 특히 문학 속에서는 희망, 혹은 그리움, 보석, 고독 등의 일반적인 것과 원시 종교의 주술적 대상이 되기도 한다.

윤동주에게 있어서 별의 또 한 가지 의미는 자신의 내면세계, 그 윤리적 자아의 객관물로서 존재하는 것이다. 그는 그의 에세이 「별똥 떨어진 데」라는 글에서 별에 대한 자신의 인식을 명증하게 보여 준다.

> 밤이다. 하늘은 푸르다 못해 농회색으로 캄캄하나 별들만은 또렷또렷 빛난다. …… 이 육중한 기류 가운데 자조하는 한 젊은이가 있다. 그를 나라고 불러 두자. 나는 이 어둠에서 배태(胚胎)되고 이 어둠에서 장생(長生)하여서 아직도 이 어둠 속에 그대로 생존(生存)하나보다. 이제 내가 갈 곳이 어딘지 몰라 허위적거리는 것이다……나는 도무지 자유스럽지 못하다. 다만 나는 없는 듯 있는 하루살이처럼 허공(虛空)에 부유(浮遊)하는 한 점(點)에 지나지 않는다. …… 이 전(點)의 대칭(對稱) 위치(位置)에 또 하나 다른 밝음(明)의 초점(焦點)이 도사리고 있는 듯 생각간다. 덥석 움키었으면 잡힐 듯도 하다.

---

30) 『신약 성서』, 「마태복음」 2 : 1~6.

이 인용문은 그의 시에서 허다히 나오는 '별'이란 어휘에 대한 훌륭한 해설문이 된다. 이 에세이에 따르면 시 「별 헤는 밤」의 제3연, 제8연 및 제9연의 첫 2행은 "이 육중한 기류 가운데……그를 나라고 불러 두자." 라는 구절의 시화(詩化)인 것이다. 어두운 밤하늘에 빛나는 별을 보며 자신을 비웃는 심정은 바로 사회적 구성원으로서의 자아, 기독교 신앙으로서의 자아 등의 무력하고 비윤리적 상황에 놓여 있는 데 대한 자책이다. 그리고 "나는 이 어둠에서 배태(胚胎)되고……어딘지 몰라 허위적거리는 것이다."의 대목은 「별 헤는 밤」의 전체적인 분위기인 동시에 시적인 표상 수법이기도 하다. 이 같은 계열의 시 가운데 특히 문학성이 짙은 시들에는 「서시」, 「자화상」, 「돌아와 보는 밤」, 「무서운 시간」, 「바람이 불어」, 「소년」, 「눈 오는 지도」 등이 있다. 대체로 윤동주의 시적 변증법이란 문학 사회학의 주어진 여건을 기반으로 정신적인 측면, 그중에서도 기독교 신앙의 원죄 의식과 민족의식 등의 복합적인 지향점이 시에 표상되고 있다.

시의 구문에 쓰인 서술법은 존칭 화법을 쓰고 있다. 그는 '……있습니다.', '……듯합니다.', '……까닭입니다.', '불러 봅니다.' 등의 존칭 서술어를 쓰고 있는데 이것은 피폐된 자의식의 표상에서 경건 엄숙의 미의식을 염두에 둔 것이며, 나아가서 기도의 형식을 빌어 보다 친밀한 호소력을 유발케 함에 있다. 「별 헤는 밤」 외에도 「자화상」, 「십자가」, 「길」, 「그 여자」 등과 「새벽이 올 때까지」, 「무서운 시간」, 「흰 그림자」 등은 시적 화자의 인격을 스스로 높이는 방법이다. 그리고 「돌아와 보는 밤」

에는 '……불을 끄옵니다.', 도……일이옵니다.', '……이옵기에', '……있사옵니다.', '……가 옵니다.' 등 상대 존대 화법을 쓰고 있다. 이처럼 시의 서술부를 존칭법으로 쓰는 예는 종교 시인의 경우 그 예를 많이 찾아볼 수 있다. 불교 시인 한용운의 경우 「님의 침묵」, 「알 수 없어요」, 「비밀」, 「명상」 등 대부분의 시가 존칭 서술법을 쓰고 있다. 그리고 일찍이 가톨릭에 귀의했던 정지용의 시에서도 찾아볼 수 있다. 이러한 표현 양식은 바로 시의 내용으로 승화되는 것이기도 하다. 시적 감동이란 면에서 이 같은 시들은 신앙적 경건성뿐만 아니라 도덕적인 인격체로서 의미심장한 자기 현현이기도 하다. 또 시를 읽는 입장에서도 고전주의적 구조미나 인격의 성숙도를 앙양시켜 주며 정서적 감동의 한계를 넘어 신앙적 비의(祕義)마저 불러일으킬 수 있다. 서정시는 주관과 객관의 명확한 구분이 요구되는 것은 아니다. 자아의 고백적 양식이 되는 수가 많다. 시적 구문의 행별, 연별 발전 단계의 귀결이 성서에서 얻어진 것으로 볼 수 있다. 즉 고백적이거나 예언적 기도적인 양식이 되며, 이는 필연적으로 존칭 서술어를 쓸 수밖에 없었다고 본다.

3. 부활과 구원(救援)의 시학 – 죄인 의식의 윤리관

윤동주 시의 기독교 신앙시로서의 대상을 살펴보면 원죄 의식과 부활 사상이 주종31)을 이루고 있다. 원죄 의식이란 기독교 신자가 일차로 자

각하게 되는 실존적 자아의 발견이다. 키에르케고르 (Kierkegaard) 가 단
독자(개별자)로 자처하는 것도 결국 신과의 관계에서 형성될 수 있는 상대
적인 존재일 수 있다.32)

     죽는 날까지 하늘을 우러러

     한 점 부끄럼이 없기를

     잎새에 이는 바람에도

     나는 괴로와했다.

     별을 노래하는 마음으로

     모든 죽어가는 것을 사랑해야지.

     그리고 나한테 주어진 길을

     걸어가야겠다.

     오늘 밤에도 별이 바람에 스치운다.

                     — 「서시(序詩)」 전문(1941.11.20.)

    「서시」를 바라보는 시점은 다양할 수 있다. 문학 사회학의 측면에서
볼 때 식민지 통치하에 놓인 민족적 속박에 대한 단호한 결의로 이해할
수도 있다. 또 단순히 소극적으로 개인적인 윤 윤리, 도덕적 압박감의

---

31) 주종(主宗): 여러 가지 가운데 주가 되는 것.
32) 장 앙드레 발(Jean André Wahl), 서배식 역, 『실존철학의 이해(Philosophies of Existence)』,
    학연사, 1982, p.115~116.

표현으로 볼 수도 있다. 그리고 꿈과 이상으로 가득 찬 한 소년의 현실적으로 좌절되는 모습으로도 볼 수 있다.

어떤 특권적이거나 특수한 소재가…… 아니라, 오히려…… 모든 소재에 대해서 충분한 광명을 줄 수 있는 하나의 관점.33)

배튼하우스(Roy W. Battenhouse)가 기독교 문학의 관점이라는 면에서 지적한 이 대목은 사실상 기독교 문학이란 일반 문학과 구별되는 성질을 지닌 것이 아니라는 뜻으로 받아들일 수 있다. 그렇다면 위에 필자가 지적한 「서시」에 대한 시점들 외에도 기독교 정신의 맥락에서 파악해본다고 할 때 하등 이상하게 느낄 이유는 없다. 작품은 오직 독자가 어떻게 받아들이는가에 따라 그 이해의 폭이 여러 가지로 이루어질 수 있기 때문이다. 「서시」는 키에르케고르의 단독자로서 하나님 앞에 서는 그 순간까지 치열한 신앙적 결의이며,' 의지일 수밖에 없다. 하나님 앞에 원죄를 짊어진 인간의 윤리 의식인 것이다. 기독교 문학으로서 중요한 핵심은 소재나 주재보다는 작품 전체에 관류하는 기독교 정신이다. 이 정신은 독자의 문학적 수준에 의해 선별될 수 있는 문제이다.

나의 참회(懺悔)의 글을 한 줄에 줄이자.

---

33) 배튼하우스(Roy W. Battenhouse), 『신학과 문학비평의 관계(The Relation of Theology to Literary Criticism)』, 옥스퍼드대학교출판부(Oxford University Press), 1945에 나옴, 리런드 라이컨(L.Ryken), 최종수 역, 『상상의 승리: 기독교적 관점에서 본 문학(Triumphs of the Imagination: literature in Christian perspective), 성광문화사, 1982, p.198에서 재인용.

만이십사년일개월(滿二十四年一個月)을

무슨 기쁨을 바라 살아왔던가

　　　　　　　　　　　　— 「참회록(懺悔錄)」에서

괴로왔던 사나이

행복(幸福)한 예수 그리스도에게처럼

십자가(十字架)가 허락(許諾)된다면

모가지를 드리우고

꽃처럼 피어나는 피를

어두워 가는 하늘 밑에

조용히 흘리겠습니다.

　　　　　　　　　　　　— 「십자가(十字架)」에서

빨리

봄이 오면

죄(罪)를 짓고

눈이 밝아

이브가 해산(解産)하는 수고를 다하면

무화과(無花果) 잎사귀로 부끄런 데를 가리고

나는 이마에 땀을 흘려야겠다.

— 「또 태초(太初)의 아침」에서

신념(信念)이 깊은 의젓한 양(羊)처럼
하루종일 시름없이 풀포기나 뜯자.

— 「흰 그림자」에서

저희가 영원(永遠)히 슬플 것이요.

— 「팔복(八福)」에서

어디에 내 한몸 둘 하늘이 있어
나를 부르는 것이오

— 「무서운 시간(時間)」에서

위에 인용한 구절들은 작자의 원죄 의식을 구체적으로 묘사했거나 상
징화하고 있다. 「참회록」의 '만 이십사년 일개월'이란 자신의 생애적인
연륜에 원죄의 깊이를 상징한 것이다. 「십자가」의 예문은 구체적으로 성
서 속에 예수 상징시를 표제화하여 원죄의 인간으로서 고행의 삶을 감히
감수하겠다는 결의이다. 이런 방법의 원죄 의식의 시적 표상은 예술적
감흥의 양식으로 일단 성공한 것이기 때문에 기독교 정신의 맥락으로 바
라보아도 위화감 없이 훌륭히 영향을 끼칠 수 있는 것이다.

다음 「별 헤는 밤」을 통해 작자가 기독교의 부활 사상을 어떻게 나타
내고 있는가를 보자. 시가 반영하는 당대 사회상이나 작자의 신앙 의식
은 항상 이원(二元)적으로 드러난다. 노드럽 프라이(Northrop Frye)는 "문
학은 두 개의 꿈이다. 하나는 소망 성취적인 꿈이고 다른 하나는 불안의
꿈이다."고 지적하고 "종교적인 것과 시적인 것의 동일성 중에서 차이가
나는 것은 단지 의미상(intention)의 것이다. 즉 종교적인 것은 실존적이
고 시적인 것은 은유적이다."[34]고 했다. 위의 것은 신화적 분석법의 원
형 의식을 나타내는 것이며 뒤의 것은 실천적 과정에서 볼 수 있는 본질
적인 차이를 뜻하는 것이다.

「별 헤는 밤」의 제9연 3~6행에는 봄이 오면', '무덤 위에 파란 잔디가
피어나듯', '……풀이 무성할 게외다.' 등의 구절이 나온다. 노드럽 프라
이는 문학의 신화적 주기를 춘하추동의 사계절에 나누어 해석했는데, 그
에 따르면 봄의 원형으로 부활을 들고 있다.

부활뿐만 아니라 재생, 창조 등에도 해당된다. 원형 심상으로 제시된
인용구들-언덕(풍경으로서) , 파란 잔디(식물로서), …… 위에 : 위에도(방
향), 피어나듯이(운동)는 모두 이상적 경험에 의한 원형이라는 것이다. 이
때 상대적으로 비이상적인 원형도 있으나 3~9행의 시어들은 모두 이상
적인 원형 심상에 해당된다. 즉 부활 사상으로서 확고한 신념의 세계를

---

34) 노드럽 프라이(Northrop Frye), 『순화된 상상력(The Educated Imagination)』, 인디애나대학교
   출판부(Indiana University Press), 1964, p.97.

보여 주는 것이다. 고로 위에 인용한 어구들을 프라이가 이원적으로 구분한 대로 적용해 보면 언덕 → 광야·황무지·계곡, 파란 잔디 → 잡초·엉겅퀴, …… 위에(상승, 부상) → 하락·낮음·피어나듯이, 침체 → 부동 등 각기 상반되는 원형 심상으로 구분된다. 그러나 위에 인용 구절들에서는 모두 소망 성취적인 꿈과 이상적 경험에 의한 심상만으로 되어 있다.

이 시의 4연에 보이는 '별 하나에 추억(追憶)과', '……사랑과', '……쓸쓸함', '……동경(憧憬)', '……시(詩)', '……어머니'의 경우에도 '……쓸쓸함'을 제외하면 모두 이상적 경험의 원형에 해당한다. 또 '……지나가는'(제3연), '피어나듯이'(제9연), '무성할 게외다'(제9연) 등 일련의 동적인 이미지와 시간상의 진행 상태는 이 시가 부활의 신념을 암시하는 시적 구조로 짜여 있음을 말해주고 있는 것이다.

다음 종교적인 면과 시적인 면의 본질적 표현으로서 제3연, 제6연, 제7연, 제8연, 제9연의 1~2행 등은 종교적인 것, 즉 실존적 현실이고 그 나머지는 시적 표현이 된다.

윤동주를 반기독교적 시인으로 규정한 오세영은 「또 태초의 아침」에 나오는 "전신주가 잉잉 울어/하나님 말씀이 들려온다."는 구절을 "하나님의 계시를, 성령에 의해서가 아니라 전신주라는 문명을 통하여 나타난다. 그리고 그 계시는 정죄와 부활을 의미하는 것이 아니며 ……"35)라고

---

35) 오세영, 「윤동주의 문학사적 위치」, 『현대 문학』, 1975년 4월호, p.291.

해석한다. 필자의 소견으로는 이 같은 해석은 구문상의 액면대로만 보는 데서 오는 견해인 듯하다. "전신주가 잉잉 울어/하나님 말씀이 들려온다."를 해석하는 데 전제되어야 할 것은 '계시'란 언어로 증명될 수 없는 성질이라는 점이다. 전신주가 잉잉 울어대는 것을 시적으로 환기, 하나님의 계시를 비유적 이미저리(figurative imagery)로 표현한 것임을 볼 수 있다. 그렇다면 위의 구절은 전신주에서 소리가 나듯이 하나님의 계시를, 즉 원죄 의식을 심리적으로 성서의 내용을 구체화한 것이며 완벽하게 하나님의 계시를 나타낸 것으로 보인다. 다음 부활 사상의 시들은 어떤가.

죽고 뼈만 남은
죽음의 승리자(勝利者) 위인(偉人)들!

— 「삶과 죽음」에서

누가 있어만 싶은 묘지(墓地)에는 아무도 없고
정적(靜寂)만이 군데군데 흰 물결에 폭 젖었다.

— 「달빛」에서

가자 가자
쫓기우는 사람처럼 가자
백골(白骨) 몰래

아름다운 또 다른 고향(故鄕)에 가자.

— 「또 다른 고향(故鄕)」에서

무덤 위에 파란 잔디가 피어나듯이

내 이름자 묻힌 언덕 위에도

자랑처럼 풀이 무성할 게외다.

— 「별 헤는 밤」에서

삼동(三冬)을 참아온 나는

풀포기처럼 피어난다.

— 「봄」에서

초기의 시 「삶과 죽음」은 18세에 쓰인 것으로 기록되어 있다. 나이에 비해 성숙한 사고력을 보여 준다. 여기에 나오는 '뼈'는 그 후 「또 다른 고향」에 나오는 '백골'과 같은 의미로 쓰이고 있다. 즉, 기독교 사상인 부활의 상대 개념이다. 이 세상에서 죽어 없어질 육신인 것이다. '뼈'나 '백골'을 신앙적으로 볼 때 죽은 인간을 상징한다. 김흥규는,

'백골'은 어떤 초월적 세계의 추구를 제약하는 지상적, 현실적 연쇄에 속한 존재임을 알 수 있다.······'

'백골 몰래/아름다운 또 다른 고향에 가자."는 구절은 육신이 속한

지상적, 현실적 굴레를 벗어나 '어둠'이 없는 화해로운 세계를 찾으려는
절실한 독백이다.36)

　라고 해석한다. 이 해석을 기독교 정신의 맥락에서 보면, 부활 의지의
세계인 것이다. 「달빛」의 '묘지'라는 시어와 그 구절은 예수가 부활하는
장면을 연상하게 된다. "그가 여기 계시지 않고 그의 말씀하시던 대로 살
아나셨느니라. 와서 그의 누우셨던 곳을 보라.'37)는 구절이 있다. 「별 헤
는 밤」의 경우 무덤 위에 잔디가 돋아난다는 표현은 원형 사상의 동기로
볼 수 있다. 「봄」에서 '삼동을 참아 온 나는'에서 작자의 내적 갈등이 부
활이라는 명제 앞에서 스스로 화해를 이루는 것이다. 잠재되어 있는 신앙
의식의 대상화란 기독교 신자의 경우 일반적인 소재나 대상으로 끌어들
임을 뜻한다.
　시 속에서 기독교의 원죄 의식과 부활 사상이 깔려 있음을 작자의 사
회, 문화, 자연, 사사로운 내적인 것들 및 신앙상의 문제 등이 모두 작자
의 주체적인 인식하에 받아들여지는 것이다. 주체적인 작자의 상상 작용
은 작품에 따라 변수를 지니게 된다. 바꾸어 말하면 작자를 둘러싼 외적
대상과 내적 대상, 그것들의 뒤섞임이 작품으로 나타날 때 어떤 대상이

김흥규, 「윤동주론」, 『창작과 비평』, 1974 가을호.
37) 『신약 성서』, 「마태복음」 28 : 6, 같은 장 2~3절에는 "큰 지진이 나며 주의 천사가 하늘로서
　내려와 돌을 굴려 내고 그 위에 앉았는데 그 형상이 번개 같고 그 옷은 눈같이 희거늘"이라고 되어
　있다.

강조되었는가에 따라 차이가 있을 수밖에 없다.

다음 죽음에 대한 두려움이 드러나는 시로 「유언」과 「무서운 시간」을 들 수 있다.

평생(平生) 외롭던 아버지의 운명(殞命)
감기우는 눈에 슬픔이 어린다.

— 「유언(遺言)」에서

일을 마치고 내 죽는 날 아침에는·
서럽지도 않은 가랑잎이 떨어질 텐데.······

나를 부르지 마오.

—「무서운 시간(時間)」에서

「유언」의 인용구는 죽음을 객관적으로 바라본다. 즉, 인간이 크리스천으로서 죽으면 분명히 부활할 것인가, 혹은 천국에 갈 수 있는가에 대한 회의가 섞인 시구(詩句)이다. 결국 신앙이 약한 자가 한 생명의 죽음을 바라보며 느끼는 것이다. 「무서운 시간」은 원죄38)를 멍에처럼 지고 사는

---

38) 원죄(原罪): 인류의 시조인 아담과 하와가 선악과를 따 먹은 죄 때문에 모든 인간이 날 때부터 가지고 있다는 죄.

자의 죽음에 대한 두려움이다. 육신의 죽음이 두려워진 데서 발상된 시의 양식이다. "나를 부르지 마오."는 사탄을 두고 하는 말로 해석한다면 어떻게 와 닿을까.

또 한 가지 낙원 사상이 깔린 작품들을 들 수 있다.

내사 이 호수(湖水)가로

부르는 이 없이

불리워 온 것은

　참말 이적(異蹟)이외다.

— 「이적(異蹟)」에서

불을 밝혀 잠옷을 정성스리 여미는

삼경(三更)

염원(念願)

동경(憧憬) 땅 강남(江南)에 또 홍수(洪水)질 것만 싶어,

바다의 향수(鄕愁)보다 더 호젓해진다.

— 「비 오는 날」에서

순(順)아 암사슴처럼 수정(水晶) 눈을 내려 감아라

난 사자처럼 엉클린 머리를 고루련다.

우리들의 사랑은 한낱 벙어리였다.

　　　　　　　　　　　　　　　— 「사랑의 전당(殿堂)」에서

　　호수는 평화나 영원한 모성, 창조 등의 원형 상징에 속한다. 무의식 속에서 호숫가로 이끌려 나온 상태는 신앙상 염원의 세계인 낙원 사상의 우화적 수법이다.

　　표제 「이적」처럼 실제로 이적이 임재하기를 기원하는 정신이 들어 있다. 「비오는 날」에서 비가 오고 홍수가 지는 사실을 "바다의 향수보다 더 호젓해진다."고 봄으로써 신천지의 기원을 암시한다.

　　최동호는 "강남을 동경의 땅이라 말하고 또 홍수가 질 것 같다고 말하고 있는 것은 새로운 세계의 도래를 묵시적으로 암시하는 것이다."39)고 지적한다. 「사랑의 전당」에서는 순이와 나라는 여성과 남성을 상대로 인간의 사랑을 아름답게 극적으로 구성해 영원한 형이상학적 사랑의 전당으로 끌어올린다. 사랑의 결핍에서 오는 부활에의 의지인 것이다.

---

39) 최동호, 앞의 책, p.121.

윤동주 연보

1917년(1세)   12월 30일에 중국 지린성(吉林省) 화룡현(和龍縣) 명동촌(明東村)에서 아버지 윤영석(尹永錫, 1895년~1962년), 어머니 김용(金龍, 1891년~1948년) 사이의 맏아들로 태어났다. 윤동주의 아명(兒名)은 해환(海煥)이었다. 아버지 윤영석은 명동학교 교사였다. 윤동주의 집안은 1886년 증조부 윤재옥 때에 함경북도 종성에서 북간도(北間島)의 자동(子洞)으로 이주했다.

1923년(7세)   누이동생 혜원(惠媛)이 태어났다.

1925년(9세)   화룡현 명동촌 명동소학교(明東小學校)에 입학했다.

1927년(11세)   동생 일주(一柱)가 태어났다.

1928년(12세)   급우들과 『새명동』이란 등사판 잡지를 만들었다.

1931년(15세)   명동소학교를 졸업했다. 송몽규 등과 대랍자(大拉子)에 있는 중국인 소학교 6학년에 편입하여 1년간 수학했다.

1932년(16세)   용정(龍井)에서 캐나다 선교부가 운영하던 미션계 교육기관인 은진중학교(恩眞中學校)에 송몽규, 문익환과 함께 진학했다. 아버지 윤영석이 인쇄소를 차렸으나 사업이 부진했다.

1933년(17세)   동생 광주(光柱) 태어났다.

1934년(18세) 시 「초 한 대」(12월 24일), 「삶과 죽음」(12월 24일), 「내일은 없다」(12월 24일)를 창작했다.

1935년(19세) 은진중학교 4학년 1학기를 마친 윤동주도 평양숭실중학교 3학년으로 들어갔다.

10월, 숭실중학교 학생회 간행의 학우지 『숭실활천(崇實活泉)』 제15호에 시 「공상」을 게재했다. 이 시는 윤동주의 시 가운데 최초로 작품 활자화된 작품이다. 시 「거리에서」(1월 18일), 「공상」(『숭실활천』 10월), 「창공」(10월 20일), 「남쪽 하늘」(10월), 동시 「조개껍질」(12월)을 창작했다.

1936년(20세) 일제 총독부가 신사참배 명령을 거부했다는 이유로 윤산온(尹山溫, George S. McCune) 선교사를 교장직에서 파면했다. 항의 표시로 학생들이 시위하자 학교가 무기 휴교에 들어갔다. 1936년 3월 학교를 자퇴하고 용정으로 돌아온 윤동주는 5년제인 용정 광명학원(光明學院) 중학부 4학년에 편입했다. 동시 「고향집」(1월 6일), 「병아리」(1월 6일)(『카톨릭 소년』 11월호 발표), 「오줌싸개지도」(『카톨릭 소년』 1937년 1월호 발표), 「기왓장내외」, 시 「비둘기」(2월 10일), 「이별」(3월 20일), 「식권(食券)」(3월 20일), 「모란봉에서」(3월 24일), 「황혼」(3월 25일), 「가슴 1」(3월 25일), 「종달새」(3월), 「산상」(5월), 「오후의 구장(球場)」(5월), 「이런 날」(6월 10일), 「양지쪽」(6월 26일), 「산림」(6월 26일), 「닭」(봄), 「가슴 2」(7월

251

24일), 「꿈은 깨어지고」(7월 27일), 「곡간(谷間)」(여름), 「빨래」, 동시 「빗자루」·「햇비」·「비행기」, 시 「가을밤」(10월 23일), 동시 「굴뚝」(가을), 「무얼 먹고 사나」(10월)(『카톨릭소년』 1937년 3월호 발표), 「봄」(10월), 「참새」(12월), 「개」, 「편지」, 「버선본」(12월 초), 「눈」(12월), 「사과」, 「눈」, 「닭」, 시 「아침」, 동시 「겨울」, 「호주머니」(1936년 12월호, 또는 1937년 1월호 발표), 간도(間島)의 연길(延吉)에서 발행되던 『카톨릭 소년』에 동시 「병아리」(11월호), 「빗자루」(12월호)를 발표할 때 윤동주(尹童柱)란 필명을 사용했다.

1937년(21세) 졸업반인 5학년으로 진급했다. 시 「황혼이 바다가 되어」(1월), 동시 「거짓부리」(『카톨릭 소년』 10월호 발표), 「둘 다」, 「반딧불」, 시 「밤」(3월), 동시 「할아버지」(3월 10일), 「만돌이」, 「나무」, 시 「장」(봄), 「달밤」(4월 15일), 「풍경」(5월 29일), 「한난계(寒暖計)」(7월 1일), 「그여자」(7월 26일), 「소낙비」(8월 9일), 「비애(悲哀)」(8월 18일), 「명상(瞑想)」(8월 20일), 「바다」(9월), 「산협(山峽)의 오후」(9월), 「비로봉(毘盧峰)」(9월), 「창(窓)」(10월), 「유언(遺言)」(10월 24일)(『조선일보』 학생란 1939년 1월 23일자 발표).

1938년(22세) 2월 17일, 광명중학교 5학년 졸업. 4월 9일, 서울 연희전문학교(연세대학교 전신) 문과 입학했다. 대성중학교 4학년을 졸업한 송몽규도 함께 입학했다. 연희전문학교 기숙사

3층 지붕 밑 방에서 송몽규, 강처중과 함께 3인이 한방을 쓰면서 연희전문학교 생활을 시작했다. 시 「새로운 길」(5월 10일)(학우회지 『문우(文友)』 1941년 6월호 발표), 「비오는 밤」(6월 11일), 「사랑의 전당(殿堂)」(6월 19일), 「이적(異蹟)」(6월 19일), 「아우의 인상화(印象畵)」(9월 15일)(「조선일보」 학생란에 발표. 1939년 추정), 「코스모스」(9월 20일), 「슬픈 족속(族屬)」(9월), 「고추밭」(10월 26일), 동시 「햇빛·바람」·「해바라기 얼굴」·「애기의 새벽」·「귀뚜라미와 나와」·「산울림」(5월)(『소년』 1939년 발표). 산문 「달을 쏘다」(10월)(「조선일보」 학생란 1939년 1월호) 발표) 창작.

1939년(23세) 연희전문학교 문과 2학년으로 진급했다. 「조선일보」 학생란에 산문 「달을 쏘다」(1월 23일), 시 「유언」(2월 6일), 「아우의 인상화」(10월 17일)를 윤동주(尹東柱) 및 윤주(尹柱)란 이름으로 발표. 동시 「산울림」을 『소년』에 윤동주(尹童柱)란 이름으로 발표.

1940년(24세) 고향 후배인 장덕순, 연희전문학교 문과에 입학했다. 같이 입학한 하동 출신 정병욱(1922~1982)과 깊이 사귀다. 1939년 9월 이후로 절필하다가 이해 12월에 시 「팔복(八福)」(12월 추정), 「위로」(12월 3일), 「병원」(12월) 등 3편의 시를 썼다.

1941년(25세) 12월 27일, 전시(戰時) 학제(學制) 단축으로 3개월 앞당겨

253

연희전문학교 4년을 졸업했다. 졸업 기념으로 19편의 시를 묶어 『하늘과 바람과 별과 시(詩)』란 제목의 시집을 내려했으나 뜻대로 되지 않았다. 시 「무서운 시간」(2월 7일), 「눈 오는 지도(地圖)」(3월 12일), 「태초(太初)의 아침」·「또 태초(太初)의 아침」(5월 31일), 「새벽이 올 때까지」(5월), 「십자가」(5월 31일), 「눈 감고 가다」(5월 31일), 「못 자는 잠」·「돌아와 보는 밤」(6월), 「간판 없는 거리」·「바람이 불어」(6월 2일), 「또다른 고향」(9월), 「길」(9월 30일), 「별 헤는 밤」(11월 5일), 「서시(序詩)」(11월 20일), 「간(肝)」(11월 29일) 산문「종시(終始)」를 창작. 시 「새로운 길」, 「자화상(自畵象)」(9월)을 연희전문학교 문과에서 발행한 『문우(文友)』(1941년 6월 호)에 발표.

1942년(26세) 연희전문학교 졸업 후 일본에 갈 때까지 한 달 반 정도 고향집에 머물렀다. 졸업증명서, 도항증명서(渡航證明書) 등 도일(渡日) 수속을 위해 1월 19일에 '히라누마(平沼東柱)'라고 창씨 개명(改名)한 이름을 제출했다. 1월 24일에 쓴 시 「참회록(懺悔錄)」이 고국에서 마지막 작품이 되었다. 3월에 일본에 건너가서 4월 2일에 도쿄(東京) 릿쿄대학(立敎大學) 문학부 영문과에 입학했다. 10월 1일에 교토(京都) 도시샤대학(同志社大學) 영문학과에 편입학했다. 시 「참회록」(1월 24일), 「흰 그림자」(4월 14일), 「흐르는 거리」(5월 12일), 「쉽

게 씌어진 시」(6월 3일) 등 5편을 서울의 한 친구에게 우송
했다.

1943년(27세) 7월 윤동주는 송몽규 등과 함께 일본 경찰에 체포되어 도
쿄 시모가모경찰서(下鴨警察署)에 구금되었다. 12월 6일, 송
몽규, 윤동주, 고희욱, 검찰국에 송국(送局)되었다.

1944년(28세) 3월 31일, 교토지방재판소(京都地方裁判所) 제2형사부는 윤
동주에게 치안유지법 위반 '독립운동' 죄로 '징역 2년'을
선고했다.

1945년(29세) 2월 16일, 오전 3시 36분, 윤동주, 후쿠오카형무소(福岡刑
務所) 안에서 사망했다.

3월 6일, 북간도 용정동산의 중앙교회 묘지에 윤동주의
유해를 안장했다. 6월14일 가족들은 윤동주의 모소에 '시
인 윤동주지묘(詩人尹東柱之墓)'라고 새긴 비석을 세웠다.

1947년 2월 13일, 해방 후에 처음으로 윤동주의 유작 「쉽게 씌어
진 시(詩)」가 「경향신문」에 발표되었다.

1948년 유고 31편을 모아서 시집 『하늘과 바람과 별과 시(詩)』를
정지용의 서문을 붙여서 정음사에서 출간했다.

1955년 서거 10주년 기념으로 88편의 시와 4편의 산문을 엮은
증보판 시집 『하늘과 바람과 별과 시(詩)』가 정음사에서 출
간되었다.

1985년 일본의 윤동주 연구가인 와세다대학교(早稻田大學校)의 오오

무라 마스오(大村益夫) 교수에 의해 북간도 용정에 있는 윤
동주의 묘와 비석의 존재가 한국의 학계와 언론에 소개되
었다.

1990년   대한민국 정부는 윤동주에게 건국훈장 독립장을 수여했
다.

1992년   중국 용정중학교 내에 윤동주 시비를 건립하였다.

1995년   윤동주의 모교인 도시샤대학(同志社大學)의 교정에 윤동주
시비를 건립하였다.

1998년   『하늘과 바람과 별과 시(詩)』는 판을 거듭하면서 계속 증보
되었다.

2001년   윤동주의 모교인 연세대학교에서 윤동주 기념사업회를 구
성하고 윤동주문학상을 제정했다.

2010년   7월 일본 시민단체 '시인 윤동주 기념비 건립위원회'의 요
구에 따라 일본 검찰이 1944년에 작성된 윤동주 재판 판
결문을 공개했다.